Raoul Sinier

LA PLACE DU MORT

Relecture et corrections : Sylvie Frétet
Couverture et graphisme : Raoul Sinier

Édition : BoD · Books on Demand, 31 avenue Saint-Rémy, 57600 Forbach, bod@bod.fr
Impression : Libri Plureos GmbH, Friedensallee 273, 22763 Hamburg (Allemagne)

ISBN : 978-2-3225-4423-3
Dépôt légal : avril 2025

1

Lucien était posté derrière le judas de la porte de son appartement. Cela ne faisait pas partie de ses habitudes mais les bruits dans le couloir l'avaient rendu pour le moins curieux. Le logement d'en face était inhabité depuis des mois et avait apparemment hérité d'un nouvel occupant. Deux gros gaillards s'affairaient à acheminer des cartons par l'escalier. Petit déménagement, pas de monte-charge sur le trottoir, rien de bien incroyable de ce côté-ci.

Deux portes par palier pour un petit immeuble de cinq étages, un nouveau voisin était quand même un événement de taille. Lucien voulait en savoir plus, d'autant que l'appartement en question était juste en face. Il pouvait espionner à loisir. Pas tant comme un voyeur, il cherchait surtout à se faire une idée sur le style du nouvel habitant. Le pire serait bien évidemment un jeune, un fêtard qui mettrait de la musique et ferait trembler les murs jusqu'à l'aube. Ou une famille avec des enfants bruyants. Ou pire : un bébé ! C'était peu probable car il s'agissait d'un modeste deux-pièces, comme le sien. Pas vraiment faisable pour une famille. Mais une femme seule avec un bébé… Bon, ça ne servait à rien de s'emballer pour le moment.

Lucien aimait la tranquillité et cette copropriété était plutôt calme, beaucoup de gens qui travaillent, beaucoup de propriétaires, très peu de changement. Autant dire plutôt paisible.

En plus de ça, Lucien voulait sortir faire ses courses mais sans risquer de rencontrer un nouveau venu de manière inopinée, entre deux, avec ces deux gros bonhommes trimbalant leurs cartons et autre bordel dans les pattes. Histoire de faire une première bonne impression. Ne pas avoir à improviser. Face à une nouvelle tête dans l'immeuble, il se sentait dans la peau d'un ancien, d'avoir une sorte de mainmise sur les lieux. Sans aller jusqu'à impressionner, il voulait asseoir sa position naturelle, simplement, naturellement. Qui savait combien de temps cette position pouvait tenir ?

Il était déjà onze heures du matin. Mais bien sûr rien ne pressait. Lucien délaissa le judas pour jeter un coup d'œil à la fenêtre. Côté rue, il remarqua tout de suite le minuscule camion des déménageurs. C'était clairement un déménagement poids plume. D'ailleurs ils avaient presque fini.

Qu'en déduire sur la personnalité de ce nouveau venu ? Une personne discrète aurait davantage de livres ? Un musicien aurait peut-être besoin de matériel encombrant à disposition ? Et si c'était un chanteur, qui faisait des gammes toute la journée ?

Impossible de savoir, d'accord.

Et si c'était une femme ? Une super belle femme célibataire, pourquoi pas ?

Après avoir passé en revue tous les métiers imaginables, même les plus absurdes, Lucien s'aperçut qu'il n'y avait plus un bruit dans le couloir. De retour derrière le judas, plus de gros bonhommes, plus de cartons qui traînent. L'événement était au moins partiellement terminé. Le temps de prendre son filet à provisions, ses papiers et sa veste, Lucien sortit pour enfin faire ses emplettes habituelles.

Il resta quand même sur le qui-vive, voire méfiant en dévalant les cinq étages. Imaginons qu'il tombe sur la ou le nouveau. Il n'allait pas se présenter comme ça en plein milieu de rien. Ça pourrait être vu comme un aveu de faiblesse. Bon, Lucien se dit qu'il commençait à se raconter n'importe quoi et poursuivit son chemin. Il allait juste faire ses courses, ce n'était pas non plus l'aventure de l'année.

Depuis quelques années, Lucien avait délaissé les grandes enseignes au profit des magasins bio, qui ouvraient les uns après les autres de manière assez frénétique ces temps-ci. Pas par une posture politique ou pour des raisons d'éthique mais il s'était rendu compte qu'il finissait par acheter toujours les mêmes produits dans ses magasins habituels tous de plus en plus standardisés. Il aimait l'impression d'exotisme qu'il trouvait dans les produits bio. D'accord, faire des courses pour un célibataire n'est pas exactement une épopée incroyable mais tous ces paquets de café qui venaient directement du Pérou ou d'Éthiopie, ça avait une autre gueule que les mêmes marques qu'on trouve absolument partout. Cuisiner pour une personne revient à trouver des solutions faciles qui ne demandent pas de faire un plan stratégique à chaque repas. Donc, et bien oui : pâtes, riz, mais également udon japonais, tagliatelles de céréales, spaghettis de sarrasin, légumineuse, quinoa, etc. Au final, Lucien achetait toujours les mêmes choses mais avec un enrobage original. Ce n'était déjà pas si mal.

Il s'autorisait quand même un petit repas de fête de temps en temps, quelque chose qui sorte de l'ordinaire, de gourmand, avec peut-être du fromage ou un dessert. Et justement on était samedi, donc le jour du repas de fête, comme tous les samedis finalement.

Il opta pour une flammekueche au rayon frais. Fromage, crème, lardons… Comment se planter avec ça ? Impossible, n'est-ce pas ? Il aurait pu pousser le luxe jusqu'à la faire lui-même, ajoutant à l'opération une confection récréative de pâte brisée maison par une recette glanée sur Internet. Mais repas de fête pouvait aussi aller de pair avec une facilité paresseuse.

Sur le chemin du retour il repéra, un petit peu trop tard, le clochard assis sur le trottoir. Il n'était pas le seul du quartier bien évidemment, mais celui-là, il ne l'aimait pas. C'était celui qui dit bonjour. En souriant. Et en vous regardant droit dans les yeux. Lucien n'aimait pas ça, spécialement quand il devait passer devant lui avec un sac de courses. Il y avait la culpabilité bien sûr, mais c'était surtout la gêne de la situation. Quelle attitude adopter ? Dire clairement bonjour ? L'ignorer ? Demander « comment ça va » ? Quelle horreur !

La plupart du temps il optait pour un habile mélange des deux premières options.

— Bonjour Monsieur.

— Hummmm oui… Hé, improvisa-t-il en regardant un bon mètre au-dessus du visage souriant.

Il était obligé de reconnaître qu'il avait spécialement merdé sur ce coup-là.

Était-ce grave ? Bien sûr que non. Il s'était dit plusieurs fois qu'une façon de régler le problème serait de lui donner une pièce. Mais non, à bien y réfléchir c'était hors de question, il ne voulait pas de relation, quelle qu'elle soit, avec un inconnu, et encore moins avec un clodo.

Après avoir vérifié qu'il n'y avait rien dans sa boîte aux lettres, parfait, Lucien commença à gravir les marches qui le séparaient de son appartement. La présence d'un ascenseur lui manquait, avec cinq étages, mais en installer un était impossible, ils en avaient parlé plusieurs fois lors des AG de copropriétaires, la cage d'escalier étant tout simplement trop petite.

Pas de problèmes, les cinq étages à pied lui fournissaient un peu d'exercice. À quarante-deux ans, Lucien n'était pas en superforme mais avait toujours sa ligne de jeune homme. Il avait pensé à s'inscrire dans une salle de sport. Ou même courir le matin pour s'entretenir un peu mais ça ne faisait tout simplement pas partie de sa culture. Il se voyait comme un littéraire et donc, tant qu'il avait encore une santé convenable et qu'il ne prenait pas d'embonpoint, il avait décidé de ne pas se sentir concerné.

Arrivé à son étage, il ressentit une petite bouffée d'adrénaline fugitive en tombant sur son nouveau voisin, tranquillement accoudé à l'encadrement de sa porte d'entrée grande ouverte, fumant une cigarette. Il était vêtu d'un pantalon à pinces et d'un débardeur. La cinquantaine, très maigre avec des muscles secs et bien dessinés, les cheveux noirs plaqués en arrière, façon un peu rétro. Tout comme cette fine moustache qui lui allait parfaitement.

Lucien hasarda un timide «Ah bonjour. »

L'inconnu répondit.

— Hello, ah on dirait bien que je suis votre nouveau voisin !

— Apparemment oui. Bonjour, je m'appelle Lucien.

L'inconnu s'avança en lui tendant la main.

— Joe.

— «Joe»? Ça alors.

— En fait je m'appelle Joël mais les gens m'appellent Joe.

Lucien était très impressionné par ce personnage qui dégageait une aisance naturelle et distinguée malgré son débardeur informe et une clope au bec. Mieux, il trouvait le nom «Joe» d'une classe invraisemblable, pour son côté américain, un peu western ou film d'action. Il était lui-même très fier de son prénom, «Lucien» avait un côté classique et original aujourd'hui. Un brin désuet mais dans le bon sens. C'était quand même autre chose que «Laurent» ou «Philippe»… Il ne pouvait pas en dire autant de son nom de famille qu'il détestait viscéralement, et mettait tout en œuvre pour éviter son utilisation.

— Enchanté, moi c'est Lucien. Mais vous avez déménagé quand? Je n'ai rien remarqué.

Il ne pouvait pas admettre ouvertement qu'il avait suivi toute l'affaire derrière son judas sans prendre le risque de passer pour un vieux garçon à la curiosité mal placée.

— Ce matin! Ça a été vite, je voyage léger, je vis plutôt comme un spartiate. Vous savez qui étaient les Spartiates?

— Bien sûr, oui, ils…

— L'armée de Sparte! Modèle de discipline et d'efficacité, le coupa Joe qui poursuivit: pour être efficace, faut pas s'encombrer avec trop de conneries, il faut aller à l'essentiel. Qui sait ce qui se passera demain?

Ce Joe avait une façon de s'exprimer qui passait sans prévenir de la gouaille de rue au théâtral.

— Bon et bien si malgré tout vous avez besoin de quelque chose, n'hésitez pas. Moi je suis là depuis, et bien… douze ans maintenant.

— J'ai besoin de rien, mais merci de proposer. Je boirais bien un truc par contre mais j'ai pas encore fait de courses. C'est que partie remise comme on dit, ok?

— Ah moi, c'est fait, répondit Lucien en désignant son filet à provision.

— Allez, à plus tard, conclut Joe avant de se replier dans son nouvel appartement.

— Au revoir.

De retour chez lui, Lucien rangea ses provisions, plutôt décontenancé par le singulier Joe. Voilà une personne qui en imposait, discrètement. Il aimait beaucoup la contenance que la cigarette pouvait fournir à certaines personnes. Il aurait aimé avoir ce genre de charisme. Un côté un peu sombre, mauvais garçon, dans le sens presque scénique.

La cigarette ne faisait pas partie, elle non plus, de sa culture. Il avait certes eu son lot d'expériences adolescentes diverses, avec tout ce que ça implique de déception et de joie, comme tout le monde, mais rien de franchement radical. Rien qui puisse être excitant à raconter ou le faire passer pour un personnage obscur ou dramatique.

Pas d'accessoire de mauvais garçon pour lui donc, mais pas de cancer du poumon non plus. Il fallait faire des choix, savoir où on veut aller et savoir jouer avec les cartes qu'on nous avait distribuées.

2

En fin de journée, les quelques nuages blancs éparpillés dans le ciel semblaient vouloir en découdre et avaient finalement rameuté leurs grands frères, plus sombres et menaçants. En à peine une heure la lumière ambiante avait complètement changé et une pluie battante avait pris la place de ce petit crachin d'introduction. Ça aurait pu saper quelque peu le moral de Lucien mais il se disait que justement c'était le temps idéal pour la flammekueche qu'il allait s'enfiler dans pas si longtemps que ça maintenant. Il regarderait le troisième épisode d'une série qu'il avait commencée la veille. Une histoire de science-fiction et de programmation informatique, probablement d'espionnage aussi, autant dire rien d'inattendu mais parfait pour cette journée. Ce qu'on appelle bizarrement un plaisir coupable. Spécialement maintenant qu'on avait la possibilité de regarder plusieurs épisodes de suite. Lucien fut tiré de ses réflexions par la pluie qui était passée de tenace à ouvertement agressive, allant même jusqu'à proposer des grêlons qui faisaient pas mal de boucan en s'écrasant et en se brisant sur le bitume et le toit des voitures.

Des passants fuyaient ce bordel cataclysmique et essayaient de se protéger tant bien que mal, autant pour ne pas finir trempés que pour éviter l'impact d'un petit poing de glace sur le coin de la tête. Ne manquait plus que l'orage finalement. Peut-être que la nature s'économisait un peu pour le jour où un vrai événement se produirait, et non une fin d'après-midi d'un samedi quelconque, se disait Lucien, soudainement tiré de ses pensées par le bruit de quelqu'un qui frappait à sa porte.

Est-ce que Joe avait déjà quelque chose à lui demander, s'interrogea Lucien avec une pointe d'excitation ? Même si d'un autre côté il ne voulait pas non plus d'un voisin trop envahissant et qui voudrait devenir son pote un peu trop vite.

Il ouvrit la porte et tomba nez à nez avec un homme, qui n'était pas Joe, complètement trempé et haletant. De taille moyenne, la peau très foncée et les cheveux noirs. Probablement un Indien. Est-ce qu'on disait Indien ou Hindou ? Bonne question ça, à vérifier plus tard.

— Oh la la, excusez-moi, je suis trempé. Mais merde, faut dire que j'ai jamais vu une tempête pareille. Vous avez vu ? Il y a encore quoi, une heure, il faisait beau, pas super beau ok mais rien à voir avec ce délire. Je ne vous dérange pas ? Merde, attendez je peux pas rentrer comme ça chez vous, je vais tout vous saloper. Je vais laisser mon manteau dehors.

L'inconnu entreprit donc d'enlever sa parka sans lâcher sa mallette, la faisant passer d'une main à l'autre, tout en continuant de parler et de mettre de l'eau partout dans l'entrée.

— En plus c'est pile le jour où j'ai pas ma voiture. Je vous jure, des fois, on se demande. Je sais pas ce qu'on se demande en fait mais je veux dire, fait chier, quoi, non?

— Et bien, j'imagine… attendez je vais vous apporter quelques feuilles de sopalin, ça sera toujours ça, suivez-moi.

L'homme laissa donc son manteau trempé sur le palier, ferma la porte et suivit Lucien, la porte d'entrée donnant directement sur la pièce principale.

L'inconnu accepta les feuilles de papier absorbant, lissa ses cheveux en arrière, et finalement épongea un peu son attaché-case.

— Du coup, je peux faire quelque chose pour vous? hasarda Lucien.

— Ah non, c'est moi qui peux faire quelque chose pour vous! Oh d'accord, je l'ai entendu en le disant. C'est vraiment une réponse de vendeur minable, haha je suis désolé.

— Bon d'accord, donc vous n'êtes pas là pour me vendre quelque chose?

— Mais bien sûr que si, allons, haha. Bon, cette intro est un peu ratée, mais voilà, je suis ici car je représente la toute nouvelle société «Let'sTel». Vous avez noté, le nom? C'est un pléonasme.

— Qu'est-ce qui est un pléonasme?

— C'est un pléonasme! Ça veut dire que… Un palindrome! Non, merde, c'est un palindrome pas un pléonasme, ça veut dire que…

— Oui, ça se lit dans les deux sens, je sais ce qu'est un palindrome, répondit Lucien qui commençait quelque peu à perdre patience.

— Et vous savez quoi? reprit le vendeur. C'est au moins la trentième fois que je dis ça aux clients! Sans déconner, je sors toujours «pléonasme» en premier alors que ça n'a rien à voir. Un pléonasme c'est plutôt… Attendez…

— Bon, écoutez, je veux pas tellement vous dire comment bosser mais vous voulez pas plutôt me parler de votre produit ? Parce que là je suis pas sûr d'avoir la patience pour des exemples de pléonasmes ou de palindromes.

— Bien sûr, bien sûr. Haha je m'en tire pas très bien sur ce coup-là, hein ? Donc « Let'sTel » est une toute nouvelle compagnie de télécoms, Let'sTel veut dire « téléphonons » en anglais. C'est bien trouvé, hein ? Et même si nous ne proposons rien d'original… heu, enfin si, dans une certaine mesure… mais surtout nous proposons une gamme de prix vraiment très intéressante. Et ça, c'est original ! En tout cas c'est intéressant. Vous êtes chez qui vous par exemple ? Vous avez internet ? Non attendez, restons sur le téléphone d'abord.

Le vendeur continua à débiter un argumentaire très mal maîtrisé, s'attardant sur des détails idiots et alternant entre jargon technologique et banalités sur la communication, l'échange, l'inclusion…

Lucien détestait les vendeurs. Il avait toujours eu envie de prendre une sorte de revanche sur tous les bonimenteurs et arnaqueurs divers. Spécialement par rapport au téléphone, il se montait des petits scénarios, des idées et des dialogues où il ferait tourner en bourrique ces importuns jusqu'à l'absurde. Il avait pensé à leur faire répéter des informations en boucle, à les faire patienter avec une petite musique, à leur faire croire qu'il parlait à son répondeur, leur proposer des situations totalement impossibles, comme le fait de vivre dans un appartement sans aucune fenêtre, etc. Les possibilités étaient infinies et il avait échafaudé des dizaines de scénarios, il était même à la limite de les coucher sur papier. Mais bien sûr quand ça arrivait il était pris de court et répondait juste qu'il n'était pas intéressé, allant même quelquefois jusqu'à leur raccrocher au nez. Ces appels étaient par définition inattendus et il n'avait pas l'aplomb de s'improviser en farceur malicieux au pied levé. Il lui fallait réfléchir en amont, préparer, organiser tout ça, avec un plan. Assez incompatible avec ce genre d'anti-blague téléphonique.

Joe était sûrement quelqu'un qui pourrait faire ça. Probablement pas dans le même registre mais sûrement quelque chose du même tonneau. Pouvoir être spontané, voilà ce qui manquait à Lucien, il fantasmait depuis longtemps sur les personnages de roman qui peuvent tout à coup tourner la carte et agir de manière totalement imprévisible. Ça allait avec une certaine forme de violence dramaturgique. Bien sûr ce genre de stéréotype sur pattes ne faisait jamais long feu et finissait souvent dans une explosion magistrale, ce qui était très attirant mais allait totalement contre l'instinct de préservation de Lucien.

Il pensait à Joe. Est-ce que Joe se laisserait emmerder un samedi après-midi par un représentant en télécoms ? Il n'en avait aucune idée bien sûr, mais il devait admettre qu'il en doutait. Surtout un vendeur aussi mauvais.

Tout en écoutant distraitement l'argumentaire incohérent de ce larbin, il commença à se demander comment il allait s'en débarrasser, le couper et lui dire qu'il n'était pas intéressé ? Lui dire qu'il allait réfléchir ? Il avait déjà loupé le coche en l'invitant à entrer. Il se passa en revue divers scénarios et fit quelques répétitions dans sa tête mais ça n'allait pas. C'était mou et dans son esprit germait progressivement l'idée que c'était l'occasion ou jamais de tenter la nouveauté, au moins pour cette fois. Être entièrement inattendu, voire absurde, peut-être même faire un peu peur à cet intrus avec une attitude déplacée ou bizarre. Être davantage comme Joe ou comme tous ces personnages sans foi ni loi qui le faisaient tant rêver.

Le vendeur, pour une raison inconnue, passait en revue tous les types de cartes SIM quand subitement Lucien fit un bond en avant, se retrouva à deux centimètres de son interlocuteur et, dans une réjouissante bouffée d'adrénaline, lui hurla au visage : «JE DÉTESTE LA BOUFFE INDIENNE!».

Dans une stupéfaction brutale, le vendeur fit un pas en arrière, se prit les pieds dans sa mallette et tomba à la renverse, sa nuque percutant la table basse et explosant la partie en verre dans un violent feu d'artifice surprise.

Une fraction de seconde plus tard, Lucien regardait l'homme allongé par terre, dans les débris de verre et le silence retrouvé, la tête reposant contre la table basse dans un angle impossible. Du moins impossible pour un être vivant.

3

— Ça va monsieur?

Lucien eut à peine le temps de finir sa phrase en réalisant à quel point elle était stupide. Bien sûr que non il n'allait pas bien. C'était impossible qu'il aille bien. Rien n'allait bien. Était-il possible qu'il soit mort? C'était probable. Lucien, qui baignait dans une overdose d'adrénaline, tenta de rester debout, sans succès, il tomba à genoux puis à quatre pattes, haletant comme un dingue. Ses pensées s'entrechoquaient dans un chaos tourbillonnant. Que fallait-il faire? Appeler les pompiers, le Samu, la police? Lequel était le 15, le 17 et le 18? Il fallait aller voir sur Internet. Ou demander aux renseignements. Appeler le 12, c'était bien ça le numéro de l'annuaire? Est-ce que ça existait encore? C'était quoi déjà ces pubs débiles avec les nouveaux numéros des renseignements? Mais qu'est-ce qu'il racontait? Peut-être qu'il était encore vivant, mourant mais pas encore tout à fait mort, il pourrait très bien s'en tirer handicapé, ça serait toujours ça. Avant tout il fallait s'en assurer. Il n'y avait pas de sang, c'était déjà un bon point, non? À moins qu'au contraire ça ne soit encore pire? Il prit son courage à deux mains et tenta de sentir son pouls, il approcha sa main du cou de l'homme, hésita devant cet angle atroce, mais, hélas oui, il devait bien se résoudre à le toucher à un moment ou un autre. Il posa sa main sur l'endroit qui lui semblait le plus facile d'accès mais la rétracta aussitôt, comme s'il venait de se brûler. Après une profonde inspiration, le deuxième essai fut plus convaincant, mais il ne sentait rien, il fallait trouver la veine et donc chercher un peu, il tenta de progresser parmi les plis qui s'étaient formés entre la tête renversée et l'épaule mais entendit et surtout ressentit un très léger craquement qui lui arracha un petit cri et le fit se figer dans une posture grotesque. D'accord il n'allait pas y arriver. Mais bien sûr! Il pouvait tenter la même opération sur le poignet! Il retroussa la manche du costume bon marché de l'homme et chercha ce fameux battement. Rien ici, rien là. Il se retrouva à serrer de plus en plus fort mais de toute façon comment pourrait-il percevoir quoi que ce soit vu l'état de déconfiture dans lequel il se trouvait?

Ok, autre possibilité, il avait vu ça dans un film ou une série policière, mettre un miroir devant le nez et la bouche du mort… du vivant. S'il respire, il laissera un peu de condensation sur la surface. Il se leva brusquement, ce qui lui fit tourner la tête et voir quelques lucioles. Doucement. Ce n'était pas exactement le moment de tomber dans les pommes. Mais où trouver un miroir? Il fonça de manière ouvertement désorganisée dans son appartement à la recherche d'une surface réfléchissante, sans succès, sauf bien sûr celui-là, qui fait un mètre soixante-dix de haut et quarante centimètres de large, fait pour pouvoir se voir en pied. Il était fixé sur la partie interne de la porte du placard du couloir par quatre minuscules disques chromés. Une fois le miroir débloqué et dégagé, Lucien se mit en œuvre de le trimballer tant bien que mal à côté de l'homme au sol. Il le posa le plus proche possible de son visage, en ébréchant légèrement un des coins inférieurs au passage. Comme il devait le maintenir droit, impossible de se pencher pour voir le résultat de plus près. Il colla donc le pied contre le miroir le plus proche possible des deux orifices concernés, attendit quelques secondes, puis le retira, l'adossa au mur pour observer le résultat. Rien du tout. C'était évident depuis le début. Lucien se sentait ridicule à manier cette grande plaque aussi encombrante que fragile. Il la déposa à côté du placard sans pour autant avoir l'idée de la remettre à sa place initiale.

Que faire maintenant ? Il fallait relativiser, il y avait un mort chez lui certes, mais c'était un accident. Il n'avait rien à se reprocher. Techniquement c'était de sa faute mais il n'avait jamais eu l'intention de faire du mal à ce pauvre imbécile. Il se dit que de toute façon il pouvait aisément prétendre que l'homme était simplement tombé en arrière, comme ça peut arriver dans la vie. Il sentit une écrasante lâcheté se répandre dans son esprit pendant quelques secondes mais cela n'importait pas. Il fallait avant tout se sortir de cette situation. Le ciel s'était calmé pendant ce temps-là, comme s'il avait été le spectateur d'un événement plus intéressant que ses propres pluies et grêlons.

Lucien était revenu à la case départ, mais l'évidence commençait à montrer le bout de son nez : il fallait appeler la police ou une ambulance qui eux sauraient comment procéder.

Comment diable présenter une telle situation ? « Bonjour Monsieur le policier, je vous contacte car quelqu'un est mort accidentellement chez moi », « Bonjour, je ne vous dérange pas ? Quelle serait la procédure en cas du décès d'un inconnu dans mon appartement ? ».

Lucien faisait défiler mentalement toutes sortes de scénarios en les trouvant tous plus ridicules les uns que les autres. En même temps, il commençait à ramasser des débris provenant de la table basse. Une façon d'occuper ses mains afin de tenter de se calmer et de récupérer une contenance. « Bonjour, il y a un mort chez moi et… » Soudainement Lucien poussa un petit cri aigu. Il venait de se couper avec un des éclats de verre, rien d'important, juste un petit trait rouge sur l'index. Il pinça cette minuscule perle de sang avec son pouce, l'observa en silence, outré et dépassé par cette petite douleur insignifiante qui venait ajouter une couche incompréhensible de complication à cette catastrophe. Une marée montante de frustration se transforma très vite en une irrésistible inondation dans l'esprit de Lucien qui poussa un deuxième cri, rauque cette fois, puissant et progressif.

Il se releva, le souffle coupé. Le temps de reprendre ses esprits et il appellerait la police. Il était résigné, il n'y avait plus d'urgence maintenant.

Son cœur sauta un battement quand il entendit quelqu'un frapper à la porte, juste trois coups francs et directs.

Il s'avança sans faire de bruit vers la porte et son judas, qu'il n'aurait jamais autant utilisé qu'aujourd'hui, et vit Joe, dont l'optique déformait la silhouette de manière légèrement horrifique.

— Tout va bien là-dedans ? Lucien ? Tout va comme tu veux ?

Lucien prit quelques instants pour réfléchir à l'attitude à adopter, ce qui donna l'équivalent mental d'un chien fou courant derrière sa propre queue. Il ouvrit finalement la porte, totalement perdu.

— Il vient de se passer un accident.

— Ah, tout va bien ?

— Oui je vais très bien mais une personne est tombée et…

— Fais voir ?

Joe pénétra dans la pièce pour découvrir le macabre spectacle.

Désignant du doigt le vendeur il constata :

— Il a pas l'air bien, c'est qui ?

— Justement je crois qu'il est mort.

— T'es pas sûr ?

— Si, c'est certain, oh la la, qu'est-ce que je vais faire ?

— Oui bon, au fait je te tutoie, ça te va ?

— Quoi ?

— On se dit «tu», c'est quand même plus cool.

— D'accord oui mais…

— Écoute, tout à l'heure je n'avais rien à boire mais là j'ai pas mal de trucs chez moi, du vin mais aussi du plus sérieux, viens cinq minutes on va trinquer à mon arrivée ici.

— Quoi ? Mais non, mais attends, il est mort !

— Oui ben il sera toujours mort tout à l'heure hein ?

— Mais enfin… Il faut faire quelque chose !

— Ben je vois pas trop ce que tu pourrais faire maintenant.

— Non mais ok mais il faut que j'appelle la police !

— Ah mais parce que tu l'as tué ?

— Mais non, absolument pas ! Enfin dans une certaine mesure c'est de ma faute… Non c'est pas de ma faute mais je suis responsable, enfin je sais pas, en tout cas c'est un accident, pas un meurtre !

— Ok dans ce cas pourquoi tu veux appeler la police ? Ils vont vraiment te casser les couilles, pour quoi au final ? Tu l'as poussé c'est ça ? Vous vous êtes engueulés ?

— Non, il est tombé, je l'ai surpris mais c'était sans faire exprès !

— Bon et bien voilà, moi je dis qu'il est temps de boire un coup, et ça ira mieux hein ?

— Mais vous êtes fou, je ne peux pas le laisser là comme ça!

Joe prit Lucien par le coude et l'entraîna dans le couloir.

— Allez on se dit «tu» on a dit, ok?

— Oui pardon, mais attends on s'en fout de ça, ce type est mort!

— Oui, oui, bon, il sera mort tout à l'heure et la police existera toujours elle aussi, malheureusement, eh…

Lucien continua à protester tout en se laissant guider. À mi-chemin des trois mètres qui séparaient les deux appartements, Lucien vit le manteau trempé que l'homme avait laissé derrière lui, dans le couloir.

— Oh son manteau! s'écria-t-il.

Il s'en saisit et vit Joe qui regardait avec un intérêt inattendu cette parka dégoulinante.

— Fais voir un peu?

— Quoi donc, le manteau?

— Ouais, passe-le pour voir?

— Tu veux que je mette le manteau?

— Ouais.

— Pourquoi faire?

— Comme ça, pour voir, comment il tombe, quel genre ça donne.

— Mais…

Lucien obtempéra et l'enfila, sans trop comprendre pourquoi.

— Pas terrible, non. Sauf si toi tu le trouves bien?

— Si je le trouve bien? Mais ça appartient au mort!

— Mais t'arrête un peu, tu viens de le dire, il est mort, il s'en fout de son manteau. Allez, enlève-le, on va s'en jeter un.

Lucien resta planté la, totalement dépassé. Joe l'aida à se débarrasser du décevant manteau, et le jeta dans l'appartement de Lucien.

— Tu as tes clés?

— Pourquoi faire?

— Non mais je peux fermer ta porte, tu seras pas enfermé dehors?

— Ah oui, j'ai mes clés.

— Ok très bien.

Joe claqua la porte de chez Lucien et l'entraîna chez lui.

Même s'il était évident qu'il venait tout juste d'emménager, comme l'indiquait la présence de quelques cartons échoués ici et là, il était tout aussi évident que Joe ne se préoccupait pas de décoration intérieure.

Dans le living, une table et ses trois chaises semblaient être l'unique attraction valable. Joe fit s'asseoir Lucien, passa dans la cuisine ouverte en lui demandant ce qu'il voulait boire.

— Alors comme je disais j'ai du rouge, du bordeaux, rien de rien original, mais si tu préfères j'ai aussi quelques alcools forts.

Lucien était tellement abasourdi qu'il répondit machinalement.

— Je bois pas beaucoup tu sais.

— Bon, du rouge alors.

Et Joe fut de retour avec deux verres de cantine et ladite bouteille de vin rouge qu'il entreprit de déboucher. Une fois chose faite, il servit les deux verres à ras bord et s'assit en face d'un Lucien médusé.

— Mais attends Joël… Joe… Je… Je peux pas ne rien faire, il faut signaler l'accident, je risque probablement d'être accusé de plein de choses si je ne fais rien.

— Mais allez, il est pas question de ne rien faire, on appellera la flicaille tout à l'heure, t'inquiète pas.

— Mais… Mais comment tu peux être aussi calme face à ça?

— Tu as dit que c'était un accident, pas la peine de dramatiser.

Enfin je veux dire, ok c'est triste pour le mec, mais c'était pas un ami, t'as dit que c'était un vendeur c'est ça ? Franchement qu'est-ce qu'on en a à foutre de ce connard, j'ai pas raison ?

— Mais enfin c'est insensé !

— Insensé, oui ok, si tu veux, goûte-moi ce pinard en attendant.

Lucien s'exécuta. Il n'aimait pas vraiment l'alcool mais était dans un état de confusion trop grand pour être parfaitement logique.

— De toute façon, qu'est ce qui va se passer ? Ils vont voir que c'était un accident, tu vas remplir des conneries et rentrer chez toi, voilà. Ça peut largement attendre cinq minutes.

— Vraiment ? Mais ça t'est déjà arrivé des choses comme ça ?

— Hummmm, exactement comme ça, je crois pas, non.

— Peut-être pas exactement mais quelque chose de similaire.

— Une fois je me baladais dehors en pleine journée et en tournant au coin de la rue, un mec me rentre dedans et on se casse la gueule tous les deux. Le temps de me relever, un autre gars arrive, en fait il le coursait, le mec en question était un voleur à la tire. Le gars qui le poursuivait commence à le menacer et à vouloir le frapper, le pauvre voleur, qui était une sorte de vieux galérien, commence à lui dire en reprenant son souffle : « Mec, attends, désolé pour le vol mais attends… deux secondes… » Visiblement il allait super mal. Il commence à se tenir le cœur : « Les gars, attendez, ça va pas du tout », et il tombe dans les pommes ce con. Il avait fait une crise cardiaque ! Moi je regarde l'autre mec : « Qu'est-ce qu'on fait ? » Il appelle une ambulance, quand même, et m'explique que le pauvre bougre venait de voler un truc dans un magasin, il l'a poursuivi comme ça, presque pour le sport, il avait rien à voir là-dedans. D'ailleurs le voleur avait lâché son butin dans sa fuite. Le mec me dit « bon on a appelé de l'aide, on va pas rester là comme des cons », et on est partis. On est ensuite devenu assez potes.

— Vous avez pas parlé à la police ?

— Mais non, l'ambulance était en route, parler aux flics, merci bien. Depuis le mec est mort. Pas le voleur hein, mais mon nouveau pote. Il a eu un cancer foudroyant peu après. Un gros, gros cancer qui plaisante pas. Pas opérable, rien à faire, tu vois le genre ? Cela dit il est mort dans un accident de voiture. Des fois le sort s'acharne mais c'est pour dire que bon, tant que c'est pas toi directement faut s'estimer heureux, non ?

Joe continuait à remplir les verres en laissant dériver la discussion en monologue, Lucien suivant la cadence par automatisme, un peu par politesse. Il ne comprenait rien à ce qui lui arrivait. La soirée se poursuivit dans la même ambiance, Joe lui racontant des anecdotes absurdes et Lucien s'installant dans une ivresse aussi inattendue que mal maîtrisée. Il ne remarquait même plus quand son compagnon débouchait une nouvelle bouteille, ni quand la vodka remplaça le vin.

Face à cet événement atroce et imprévisible, Lucien avait finalement accepté de subir cette soirée plutôt que de faire face à l'inéluctable, au moins pour le moment. Il se sauvait dans l'inconnu, presque rassuré d'avoir un copilote incompréhensible mais rassurant par son aplomb, son irrévérence, son audace. Toutes ces qualités enviables mais inaccessibles pour lui. Joe était un routier éthylique et avait dans ce domaine une endurance suspecte. Ce qui n'était bien évidemment pas le cas de Lucien, qui ne vit pas arriver le rideau de fin de cette sale journée. Fondu au noir. Merci, bonsoir.

4

Le lendemain matin, onze heures passées, Lucien se réveilla dans un état épouvantable. Premièrement frappé comme il se doit par un mal de crâne à tout rompre, il s'aperçut qu'il avait soif, il devait boire de l'eau, de manière urgente, rien d'autre ne comptait. Il se leva, ne remarqua qu'à moitié qu'il était tout habillé, mais, bonne surprise quand même, il se trouvait dans sa chambre, chez lui. Se mettre debout s'avéra plus compliqué que prévu, sa migraine redoublant d'effort pour se faire remarquer. Il parvint quand même à se lever et à se traîner dans la salle de bains pour boire des litres d'eau directement au robinet. C'était comme respirer pour la première fois. Cette sensation agréable ne dura que peu de temps, laissant place à un nouveau constat: l'état de son estomac. La nausée commençait à réclamer son dû et rivalisait avec la migraine, pourtant déjà bien certaine de sa domination. Il dut se retenir au lavabo pour reprendre son souffle, et faire le point. Non pas sur la situation mais sur son corps, sa carcasse n'étant pas habituée à ce genre d'excès. La dernière fois qu'il avait eu une telle gueule de bois devait remonter si loin que ça lui paraissait abstrait. Comment avait-il pu se laisser aller à ce point ?

Il aimait bien boire quelques verres à l'agence, à l'occasion d'un pot de départ, d'une promotion, d'un gros contrat remporté. Se laisser aller le temps d'un petit moment, blaguer avec ses collègues, changer un peu la routine du bureau. Mais sans aller jusqu'à ce genre d'extrême. Quel était l'intérêt de finir dans un tel état ? L'année dernière il avait même flirté avec une directrice de clientèle qui avait depuis trouvé un poste dans une boîte bien plus réputée. C'est ici que l'alcool léger devenait un allié précieux, apportant ce qu'il fallait de décontraction et de désinhibition. Il l'avait peu après recontactée sur LinkedIn, se servant de l'alibi professionnel que propose le site mais il n'avait pas tellement osé entamer une vraie discussion, pas très à l'aise avec cette forme de communication passant par des petites fenêtres textuelles et anecdotiques. Et de toute façon, si ce moment avait existé, il était du domaine du passé, ils étaient retournés à l'état de collègues, ils étaient redevenus des fonctions servant un assemblage global bien huilé. En définitive il ne s'était donc rien passé mais ça restait malgré tout un bon souvenir pour Lucien, luttant pour le moment contre le besoin pressant de tout rendre dans les toilettes. Après avoir soufflé un peu, son estomac semblant admettre que le plus dur était désormais derrière eux, il s'enfila deux aspirines, et continua à boire avidement entre deux haut-le-cœur.

Il se servait un peu de ce détour dans la salle de bains pour ne pas affronter ce qui l'attendait dans le séjour car, hormis les détails de la soirée et de la nuit, il n'avait malheureusement rien oublié des événements d'hier.

Une douche rapide lui permit de rallonger encore un peu ce

moment tout en lui donnant l'impression qu'il n'était pas si mal en point, finalement. Il mit ses fringues puant la vinasse dans le bac à linge et enfila des vêtements propres. Voilà à peu près tout ce qu'il pouvait faire avant d'affronter ce qui allait inévitablement suivre.

Il entra dans la pièce pour y découvrir la scène de la veille, le vendeur au même endroit, son manteau près de l'entrée et, pour accompagner le tout, mille morceaux de verre éparpillés tout autour.

D'accord, il allait de toute façon devoir s'expliquer avec la police, tout simplement parce qu'il n'y avait pas d'autres options possibles. Il se répéta pour la millième fois que c'était un accident, pas un meurtre, il n'avait rien à craindre. Au pire une amende, une peine avec sursis, un rappel à l'ordre cordial ?

Lucien se mit à ramasser les éclats de verre mais fut stoppé dans son élan. Ne devait-il pas au contraire tout laisser en l'état ? La police voudrait probablement évaluer tout ça elle-même. La pire des choses serait de toucher à une scène dont la configuration actuelle jouait en sa faveur.

Donc plus possible de reculer, pas question de leur téléphoner, c'était trop important. Il irait en personne, au moins pour prouver sa bonne foi. Il consulta Google Maps pour situer le commissariat le plus proche. Effectivement il était passé devant plus d'une fois.

C'était le moment. Il regarda sa montre qui lui indiquait onze heures trente-six. Lucien eut encore une petite poussée de stress. Qu'allait-il donner comme image en annonçant la présence d'un mort à son domicile, non seulement le lendemain, mais après avoir fait la grasse matinée en plus du reste ?

Tant pis, il trouverait une explication et, de toute façon, qui pourrait se targuer d'avoir une attitude rationnelle et maîtrisée dans de telles circonstances ?

Avant de se mettre en route il prit quelques photos avec son téléphone, ça pourrait être utile, pourquoi pas ?

Et s'il restait en garde à vue ? Devait-il emporter une brosse à dents ou un t-shirt de rechange ? Non, il ne voulait pas courir le risque qu'on puisse croire qu'il était préparé au pire et maîtrisait la situation. Il passa sa veste, s'assura d'avoir ses papiers d'identité et s'approcha de la porte d'entrée.

Une nouvelle petite touche d'adrénaline le stoppa net devant le judas. Il était hors de question de croiser son nouveau voisin qui l'avait plus mis dans le pétrin qu'autre chose, en plus de l'avoir saoulé comme un cochon.

Mais qu'est-ce qui s'était passé, hier ? Ce nouveau voisin était complètement irresponsable. Un fou dangereux doublé d'un alcoolique.

Et pourquoi ce vendeur n'était pas venu la veille ? Quel genre de représentant vient frapper chez les gens un samedi ?

Est-ce que « Joe » s'était joué de lui ou était-il vraiment complètement taré ?

Comment une vie entière peut basculer de manière aussi nette et irrémédiable ?

Après avoir passé quelques minutes derrière l'œilleton à scruter le couloir, à écouter, épier chaque petit son et bruissement divers, Lucien se lança et ouvrit sa porte, qu'il n'avait pas fermée à clé la veille, sortit, la verrouilla derrière lui avec une minutie et discrétion frisant le ridicule. Il dévala les escaliers, d'abord à la hâte, puis de façon plus furtive. Si sa gueule de bois avait été dans un premier temps plus impressionnante qu'autre chose, il était dans un état lamentable.

Une fois dehors, une normalité étrange remplaça la précaution inhabituelle qu'il avait adoptée il y a quelques minutes.

Le commissariat n'était pas très loin et il s'y rendit à pied.

Pendant ce trajet, il ressassait et ressassait encore. Est-ce que la vie telle qu'il l'avait connue jusque-là était derrière lui? Est-ce qu'un retour à la normale était envisageable? En imaginant qu'il s'en tire facilement, pouvait-il quand même revenir à son train-train habituel? Peut-on vivre normalement en ayant tué quelqu'un dans son salon?

À quelques mètres de l'entrée du commissariat, Lucien se sentit beaucoup plus impressionné que prévu. Il n'avait pas pensé à la présence de policiers en armures et matériel de guerre devant l'entrée, Vigie Pirate oblige. Son corps ayant décidé de faire demi-tour, instinctivement, il dut se faire violence et avancer à la rencontre de ce charmant comité d'accueil.

— Bonjour, je… heu, en fait voilà je viens pour signaler un mort, une mort… accidentelle.

— Bien Monsieur, la réception, première porte sur votre droite.

— Merci.

Il entra donc pour tomber immédiatement sur un guichet habité par une petite femme en uniforme.

— Bonjour, donc comme je disais à vos collègues, je suis venu pour signaler une mort accidentelle.

— Bonjour Monsieur, vous avez déposé une préplainte en ligne?

— En ligne?

— Oui sur internet.

— Ah non je suis désolé, je ne savais pas. En fait c'est pas vraiment une plainte.

— D'accord, c'est pas grave, tenez, remplissez ce formulaire et passez dans la salle d'attente, on vous appellera.

Lucien s'exécuta et prit place dans la petite pièce. La configuration faisait penser à une salle de classe. Avec, dans le rôle de la maîtresse, un policier derrière un petit bureau, en face de simples bancs dépourvus de dossiers.

Ce dernier lui adressa la parole :

— Monsieur, vous avez rempli votre formulaire ?

— Ah oui, je dois attendre maintenant, c'est ça ?

— Donnez-moi votre formulaire et retournez-vous asseoir, on vous appellera, merci.

Ils étaient trois à patienter avant lui, Lucien avait pu comprendre que l'un venait déclarer le vol de son vélo. Les deux autres personnes avaient les yeux rivés sur leurs téléphones portables, au mépris du panneau leur en interdisant pourtant l'utilisation.

Lucien observait tout ce qui se passait, essayant de paraître moins tendu qu'il ne l'était en réalité. Il commençait à s'habituer à la rumeur ambiante, aux fragments de discussions, aux va-et-vient, à cet écosystème à la fois paisible et solennel. Il aurait imaginé ça plus menaçant, à l'image des deux cerbères postés à l'entrée.

Quand finalement on vint le chercher, il se retrouva dans un petit débarras sordide, qui comportait une table, deux chaises, un meuble de rangement sur lequel trônait une vaillante machine à café en fin de vie.

Son interlocuteur était une véritable caricature, grand, large d'épaules, légèrement bedonnant, et arborant une moustache exagérément fournie.

— Allez, allons-y, asseyez-vous. Monsieur… «Tabouret» c'est bien ça ?

Lucien s'exécuta en acquiesçant.

— Bon. Donc vous venez nous rapporter un accident mortel, c'est ça ?

— Et bien, oui, je vous raconte comment ça s'est passé?

— J'imagine, oui… Si vous voulez…

— Heu… Oui ok donc c'est un vendeur qui est venu chez moi hier et, en fait c'est tout simple il a perdu l'équilibre et est tombé la tête en arrière sur le coin de ma table basse, et… Et bien voilà, il est mort sur le coup. Je ne savais pas trop quoi faire et je suis venu.

— Un vendeur? Un vendeur en quoi, vous lui aviez demandé de venir chez vous?

— Non c'est… heu… c'était… un vendeur en télécoms, un vendeur dans le sens… plutôt comme un représentant, qui fait du porte à porte, vous voyez?

— Ça s'est passé hier?

— Oui, j'aurai dû venir tout de suite mais… Voilà j'ai un peu paniqué, je me suis dit que vu…

— Un samedi, donc? Le coupa le policier.

— Ah oui ça m'a semblé étrange mais oui, un samedi.

— Mais pourquoi vous l'avez fait rentrer?

— Ah parce qu'il pleuvait à torrent.

— Comment ça? Quel rapport?

— Non mais je veux dire que vu qu'il était trempé, j'ai pas eu le temps de réfléchir, je l'ai laissé rentrer, pour l'aider, quoi. Je ne savais pas qu'il voulait me vendre quelque chose.

— Putain les astuces qu'ils trouvent les mecs. Ils sont forts. Ça devient n'importe quoi.

— Ah non c'était pas une astuce. Comment il aurait pu savoir que…

— Vous êtes bien naïf, enfin… Bref. Et donc?

— Et bien il est chez moi, heu… mort.

— Bon. Et alors maintenant quoi?

— Et bien je ne sais pas, c'est un mort quoi, c'est grave non?

— Oui oui, ok voilà ce qu'on va faire, vous allez retourner chez vous et on va vous envoyer une équipe de la police scientifique, vous dites que c'est un accident et je n'ai pas de raison de mettre en doute votre version des faits mais on doit quand même faire une petite enquête, on peut pas juste vous croire sur parole, donc rentrez chez vous, ne sortez pas et tenez-vous à la disposition de mes collègues, entendu ? Et ne quittez pas le pays.

— Oui bien sûr, c'est évident.

— Voilà voilà.

— Donc heu… juste ça, je rentre chez moi et j'attends la scientifique ?

Le policier le fixa sans répondre, fronçant les sourcils. Après une pause bien trop longue, il se pencha légèrement en arrière sur sa chaise et croisa les jambes sous la table en reprenant, avec une pointe de reproche dans la voix :

— Mais monsieur, enfin, je plaisante ! Qu'est-ce que j'en ai à secouer de vos histoires d'accident ?

— Quoi ?

— Vous me racontez vos trucs là, j'ai du boulot moi, vous pensez sérieusement qu'avec les journées que je me traîne j'ai le temps pour vos histoires de représentant en… en quoi déjà ?

— Mais…

— Redites-moi. Il voulait vous vendre quoi votre vendeur ?

— Un forfait télécoms mais peu importe enfin. Il est mort, c'est grave !

— Mais oui, bien sûr que c'est grave, oh la la, attendez j'appelle Scotland Yard.

— Attendez, je ne comprends pas, si c'est une plaisanterie, c'est vraiment pas le moment, vous êtes peut-être habitué mais moi non, j'ai quand même tué quelqu'un.

— Vous l'avez tué ?

— Mais non! Je ne l'ai pas tué mais il est mort chez moi quoi, c'est quand même… Il faut faire quelque chose!

— Bon, vous l'avez pas tué, vous voyez que c'est pas si grave.

— Mais vous êtes tous dingues ou quoi?

Un autre policier, alerté par le haussement de voix de Lucien, passa une tête dans l'encadrement de la porte et demanda à son collègue:

— C'est quoi ce bordel ici, tout va bien brigadier?

— Ah tiens, François, une mort accidentelle tu veux t'en occuper?

— Houla, non merci!

Et il s'éclipsa aussi vite qu'il était apparu.

Lucien était médusé, il regardait ce représentant des forces de l'ordre, sans rien pouvoir dire, incapable de penser normalement.

Le policier brisa le silence avec un ton rassurant:

— Écoutez mon vieux, d'accord vous avez raison c'est pas rien une mort, même si oui, ici on en a vu d'autres. Ce qu'on va faire c'est que vous allez rentrer chez vous tranquillement, et on vous recontactera demain. Ne vous inquiétez pas, on va trouver une solution. Le lundi c'est toujours mieux pour ce genre de choses, ça vous va?

— Mais non, il faut faire quelque chose…

— On le fera, allez, rentrez chez vous, vous avez vraiment une sale tête. Vous devriez manger un truc, faire une petite sieste, lire un bon bouquin, d'accord?

— Je rentre chez moi?

— Vous avez bien mis vos coordonnées et votre téléphone dans le formulaire, ah oui voilà, c'est parfait. On vous recontacte demain, ou mardi au plus tard. Je vous raccompagne pas, c'est juste derrière vous.

5

Lucien n'eut aucun souvenir du trajet du retour. Il baignait dans un flou artistique aussi diffus que peu réconfortant, mais qui avait au moins le mérite d'avoir fini d'éliminer sa gueule de bois.

En pilote automatique, son cerveau était prisonnier d'une spirale incohérente, et tentait de comprendre comment tout avait pu dériver à ce point. Les souvenirs de cette discussion qu'il se repassait en boucle étaient devenus un mantra qui faisait des détours fréquents par la paranoïa, le déni et l'indignation, entre autres joyeusetés.

Contrairement à d'habitude, le fait de refermer la porte de son appartement derrière lui ne lui procura aucun sentiment de réconfort. Lui qui avait une forte connexion avec son terrier, impossible cette fois de prétendre que tout était entre parenthèses.

Il se dirigea vers le portemanteau et se débarrassa de sa veste, toujours en proie aux mêmes questionnements et digressions intérieures.

De retour dans la pièce principale, pas de miracle inexplicable, le corps l'attendait toujours patiemment. Lucien s'arrêta quelques secondes pour observer cet inconnu, cet invité surprise, inopportun mais surtout très malvenu. En plus du reste, la nature avait commencé son travail, la rigidité cadavérique probablement. C'était une supposition et il n'était pas spécialement curieux d'aller vérifier par lui-même. Plus discret mais impossible à ignorer, le principe du nom de «lividité cadavérique» était bien entamé: le sang ne circulant plus, il est de nouveau soumis à la pesanteur et s'amasse dans les parties du corps les plus proches du sol. L'homme étant habillé, ce phénomène n'était visible qu'en dessous des mains et, à cause de cet angle meurtrier, vers la joue et le côté droit de son visage dont les yeux étaient encore grands ouverts.

Lucien se dit qu'il serait quand même plus respectueux de les lui fermer, en les effleurant de la main, comme dans les films, mais il ne voulait pas trop s'en approcher. Au moins le cadavre semblait fixer le sol et il paraissait impossible de croiser son regard de manière accidentelle.

Il devait donc attendre. Au bas mot jusqu'à demain, comme lui avait indiqué le policier il y a à peine vingt minutes.

Pas question de contaminer la scène mais il pouvait quand même améliorer les choses, au moins un minimum.

Il accrocha donc le manteau du vendeur à côté de sa veste, et eut un moment de pur abattement. Et maintenant?

Il ne pouvait pas simplement attendre le lendemain ici en présence d'un cadavre, en regardant la télé ou n'importe quelle occupation du quotidien.

Il se décida à ramasser les débris de verre, sans toucher à ceux qui étaient coincés sous le cadavre ou à proximité. Intervenir au minimum pour plus de sûreté, et également pour garder le plus de distance possible avec le corps.

Avant ça il se saisit de son téléphone portable, effaça les photos de la veille pour les remplacer par une nouvelle série, il mitrailla la scène comme il put, avec le plus d'angles possibles, mieux valait trop que pas assez. Une fois cette précaution prise, il transféra les clichés sur son ordinateur et les rangea sur le bureau virtuel, dans un répertoire qu'il nomma «accident (dimanche)», et supprima les originaux du smartphone. Les avoir tout le temps avec lui s'avérait vraiment trop pénible.

À l'aide d'un mini sac-poubelle dont il se servait dans la salle de bains, il se mit à l'œuvre : ramasser les petits éclats, sans se couper cette fois, en faisant attention, remarquant au passage qu'il avait toujours détesté ce plateau en verre, qui rappelait son extrême fragilité à chaque tasse ou assiette posée sans attention particulière.

Il eut une fugace montée de culpabilité en pensant à des choses aussi débiles vu ce contexte funeste et hors normes.

Cette opération ne lui prit pas plus de cinq minutes. Il passa l'aspirateur sur le reste du parquet, des fragments minuscules pouvaient avoir atterri n'importe où, spécialement entre les interstices des lames de bois.

De retour à la case départ, Lucien se dit qu'il n'avait rien mangé depuis le midi de la veille. Tentant d'ignorer l'omniprésence du cadavre, il se dirigea vers le frigo et tomba sur la fameuse flammekueche.

Cet achat semblait tellement loin à présent. La perspective d'une simple soirée et la normalité qu'elle proposait étaient foutues à jamais maintenant. Comment la situation pourrait-elle un jour revenir à la normale ?

Lucien se dit que c'était ridicule de voir dans cette tarte au nom un peu ridicule un symbole d'une légèreté perdue. «La flammekueche de la vie perdue». Malgré lui il commença à sourire, et presque à se marrer. Mais cette insouciance fugitive provoqua en lui une nouvelle attaque d'adrénaline, juste un flash mais très puissant, comme une lumière intempestive allumée par mégarde en pleine nuit. Il était au bord des larmes, immobile devant son réfrigérateur ouvert.

Il se contenta de quelques tomates, uniquement parce qu'il fallait bien se nourrir, qu'il engloutit par devoir, penché sur l'évier du coin cuisine, en réprimant de nouveaux sanglots.

Quelques instants plus tard, ce maigre repas fut en partie expulsé par l'organisme lessivé d'un Lucien qui s'autorisa à lâcher prise, s'avouant vaincu et ouvrant la vanne des pleurs et des gémissements.

Il n'avait jamais été malheureux. Pas à proprement parler. Bien sûr il avait souffert de quelques peines et douleurs diverses, beaucoup de malaises et de moments d'embarras, des déceptions, de l'ennui. Comme tout le monde, finalement. Mais jamais de vrai drame, de chose qui marque et change une personnalité à jamais.

Son enfance avait été tout ce qu'il y a de plus courant, fils unique pendant huit ans et rejoint par une petite sœur malicieuse, qui le força malgré elle à revoir sa façon d'appréhender le monde. À cet âge ou n'importe quel événement problématique peut revêtir des allures de fin du monde, il avait survolé ça en dilettante. C'était sa façon d'être, dès ses jeunes années, mais c'était aussi grâce à un concours de circonstances heureux. Le hasard l'avait plutôt épargné jusqu'ici.

Pratiquement le même tableau pour son adolescence, pas de transition douloureuse, pas de questionnement impossible à formuler à des parents traditionnellement perçus comme les dépositaires de l'ordre et de la justice.

Vers la vingtaine, pour ne pas déroger au cliché du genre, il vécut ses meilleures années, meilleures dans le sens où il avait des amis, des copains chez qui il traînait et s'amusait. Il avait même touché du bout des doigts au cannabis, mais davantage pour la forme qu'autre chose. Histoire de pouvoir prétendre l'avoir fait, pour son amour-propre c'était une sorte de minimum vital. Ses études littéraires se sont passées sans accroc, avec de bons résultats en prime. À cette époque il avait les cheveux mi-longs, et était généralement considéré comme un beau jeune homme. Peut-être un peu sur la réserve mais ça pouvait très bien abriter une noirceur artistique, qui pouvait savoir?

Il écrivait des textes, sans oser appeler ça des poèmes, par manque d'assurance et probablement aussi par un devoir machinal d'humilité. «Auteur» était plus facile à porter que «poète». Tout son groupe de connaissances était plus ou moins porté sur l'écriture. Forcément. Certains faisaient du théâtre mais ça ne l'avait jamais tenté, il ne fallait pas trop lui en demander non plus.

Avec ces quelques atouts il n'avait jamais eu trop de problèmes avec les filles. Il avait eu quelques copines et considérait aujourd'hui qu'il avait obtenu un score enviable, quelque chose à mettre à son crédit. Il avait même eu une relation presque sérieuse, avec Michèle, qui s'était certes bien terminée, mais sans passion. Un peu comme une histoire tirée d'un livre qu'on referme en se disant «oui, pourquoi pas» avant de passer à autre chose, sans trop y repenser.

En revanche il s'apercevait aujourd'hui qu'il n'avait jamais vraiment été amoureux. Cette idée le rendait triste, mais pas malheureux. Et à quarante-deux ans il avait encore toute la vie devant lui. N'est-ce pas?

Comme le veut la tradition, ce joyeux petit groupe d'amis étudiants ne survit pas l'épreuve du temps, et même si Lucien allait boire un café de temps en temps avec l'un ou l'autre d'entre eux, ou Michèle avec qui il était resté en contact distant mais chaleureux, la plupart d'entre eux étaient naturellement passés à autre chose. Ils avaient trouvé du travail, s'étaient mariés, fait des enfants, entamé des divorces, acheté des voitures, des maisons, souscrit des crédits, bref la routine.

Lucien avait continué à écrire, beaucoup au début, et de moins en moins par la suite, mais toutefois sans s'arrêter complètement. Il avait trouvé des stages, des jobs, certains totalement hors de ses choix et compétences pour finalement se diriger sans s'en apercevoir vers une carrière d'«auteur-rédacteur», principalement dans des agences de communication. C'était certes très loin de son idéal littéraire mais il voyait là une forme de victoire modeste : il gagnait sa vie grâce à sa plume. Combien de ses vieux amis avaient succombé et accepté le premier travail alimentaire venu ?

Il n'était pas dupe, il savait que même s'il était plutôt performant, il était malgré tout interchangeable. C'est le job qui voulait ça. Une fois le charabia et la novlangue assimilée, le pilote automatique prenait le relais. Le genre de textes qu'on lui demandait habituellement de produire se rapprochait de ceux du monde politique. Langue de bois, semi-mensonges, belles phrases creuses. Pour résumer ça, il avait raconté à Michèle que c'était comme rédiger une lettre de motivation. Entre les infos attendues, les tournures du moment, les mots et les anglicismes à la mode, il fallait au final être professionnel et savoir manier la bonne articulation, utiliser le bon subterfuge linguistique...

Son métier depuis quinze ans maintenant, et salarié dans une petite agence depuis sept. Sa fiche de paie était tout à fait correcte, particulièrement pour un train de vie aussi peu dispendieux. Il ne manquait donc de rien et avait, cerise sur le gâteau, bientôt fini de rembourser l'emprunt pour son appartement. Sa situation était confortable, que demander de plus ?

Mais cette vie paisible commençait à avoir un arrière-goût étrange, un malaise discret s'installait durablement. Il sentait bien qu'il était entre deux eaux. Bien sûr il n'aimait pas trop se pencher sur le sujet, préférant le bien-être rassurant de la normalité à une remise en cause incertaine et inexplorée. Il se remettait à écrire pour conjurer le sort mais se rendait bien compte qu'il s'agissait d'une fuite en avant à peine déguisée. Ces bribes de textes ne menaient nulle part et il n'avait pas assez de ressources pour se lancer dans un vrai roman, qui demeurait le but ultime de tout aspirant écrivain. Tôt ou tard il lui faudrait faire le point, penser à un éventuel nouveau chapitre à entamer, avec de l'inédit. Même juste un nouvel angle ferait l'affaire.

S'il rechignait à se pencher sur le sujet, il demeurait évident qu'un représentant en télécoms décédé dans son salon n'était pas éligible au titre de nouveauté palpitante.

Ce petit moment de relâchement lui avait fait du bien. Néanmoins, et sans surprises, cela n'avait rien résolu pour autant, et un petit peu d'aide extérieure serait bienvenu. Il ne comptait plus d'amis assez proches pour partager un tel fardeau.

Côté famille, son père était mort depuis un moment et sa mère coulait les jours qui lui restaient dans un établissement médical depuis… un moment également.

En quête de réconfort, il pouvait toujours passer un coup de fil à sa sœur, sans pour autant se confier clairement sur ce désastre inconcevable mais davantage pour obtenir un petit shoot de normalité. De toute façon il n'oserait probablement pas lui en parler sans risquer de passer pour fou ou, bien pire.

Gisèle et lui n'étaient pas si différents mais ils n'avaient pas choisi la même façon de s'exprimer. En ce sens où, là où l'un passait relativement inaperçu, l'autre faisait tout pour se faire remarquer expérimentant coupes de cheveux délirantes, couleurs inhabituelles, maquillages provocateurs, etc. Tout simplement elle était une fille et elle était sexy. Aussi féminine que bruyante, exubérante, drôle. Lucien avait longtemps indirectement bénéficié de son image sulfureuse, par simple association.

Moins aujourd'hui bien sûr, car ils ne traînaient plus ensemble comme quand ils étaient ados, surtout depuis qu'elle avait trouvé un bonhomme et pondu deux gamins. Bien sûr qu'elle s'était assagie au passage, mais elle avait toujours cette étincelle en elle, et pouvait vous voler dans les plumes au moindre faux pas. Elle, tout feu tout flamme, et lui, plutôt orienté vers la réflexion et le monde des lettres.

Il aimait le concept de «l'art de l'esquive» et se réclamait volontiers du kendo, un art martial japonais centré sur la défense. On pouvait gagner un combat par la fougue mais aussi par la rhétorique. Ça, c'était classe et il y tenait énormément.

Un jour pourtant, devant un documentaire télé, il s'aperçut que le kendo était une pratique moderne de combat à l'épée et n'avait rien à voir avec ses histoires d'esquive, orale ou sportive. Il avait confondu avec l'aïkido, plus proche de son idée mais pas tout à fait. Il avait cité le kendo dans bon nombre de discussions pourtant. Bon, c'était deux arts martiaux japonais et à moins d'avoir la malchance de tomber sur un connaisseur, l'image fonctionnait, c'était pas si mal.

Mieux valait se recentrer sur cette romantique idée: Gisèle s'occupait de l'art de la guerre, lui de l'art de l'esquive. Un duo gagnant en toutes circonstances.

Sauf qu'il devait reconnaître qu'ils n'étaient plus ce duo depuis longtemps. Ils se voyaient de temps en temps mais pas plus. La vie, en somme.

— Allo, mais putain lâche ça! Hey oh, qu'est-ce que je viens de dire? Salut Lulu, putain sans déconner ne fais jamais de gamins, ou si t'en fais, brûle-les à la première occasion, oh! Qu'est-ce que je viens de dire!

Voilà ce qui ravissait Lucien, ce genre de bordel coloré et joyeux. Ça tranchait avec son quotidien, même si depuis hier il aurait bien aimé le retrouver tel quel.

— Haha ok je vois que tout est sous contrôle.

— Désolée, ils me font tourner en bourrique, je pense qu'ils le font exprès en plus.

— Ah ben oui c'est normal, c'est à ça qu'ils servent, non?

— Vivement qu'ils prennent de la drogue et conduisent bourrés, pour changer un peu.

— Oh tu es vraiment atroce…

— Regardez-moi ce pauvre petit lapin.

— Non mais…

— Par lapin je voulais dire tarlouze hein, tu avais compris.

— Oui ça, je me disais bien.

— Bon ça va alors? Quoi de neuf?

— Rien de spécial, j'appelais comme ça, un dimanche un peu pourri, c'est tout.

Soudainement Lucien se demanda de quoi ils pourraient bien parler. Dans l'immédiat il avait décidé de ne pas partager la catastrophe. C'était peut-être une erreur? Si elle l'apprenait plus tard, est-ce que ça ne deviendrait pas bien pire? Il ne voulait pas lui en parler car il ne maîtrisait rien de cette situation mais aussi parce qu'il ne voulait pas l'entraîner dans cette galère. Il pourrait peut-être lui éviter ça. Il aurait dû y penser avant de l'appeler. C'était pourtant pas son genre, se lancer sans plan, sans avoir répété un minimum. Nouvelle percée d'adrénaline devant ce silence bien trop long, heureusement masqué par le fait que les enfants étaient encore en train de se faire rabrouer par leur mère.

— Putain désolée, encore.

— C'est rien, c'est rien. Dis-moi tu as été voir maman ces temps-ci ?

— Oh alors là je dois admettre que je n'y suis pas allé depuis un moment, je crois même que la dernière fois c'était avec toi.

— Mais non ça peut pas faire si longtemps. Attends c'est pas un reproche hein, tu sais bien.

— Non je sais mais oui, tu as raison, ça fait un moment, je vais passer la voir.

— Vraiment c'était pas une critique déguisée.

— J'ai compris, t'inquiète pas. Tu y es allé y a pas longtemps ?

— La semaine dernière, oui.

— Elle était comment ?

— Ben… C'était plutôt un bon jour, elle était pas hypervive mais elle m'a parlé de manière plutôt normale.

— Ah ouais ? Bon, c'est déjà ça.

— Elle m'a même parlé de papa.

— Tiens donc, il arrive encore à faire parler de lui ce connard…

— Arrête, j'aime pas quand tu parles de lui comme ça.

— Oh Lucien, je sais très bien que t'aimes pas ça, on en a suffisamment parlé, je vais pas t'expliquer à chaque fois, d'accord ? Je le traiterai de connard sûrement jusqu'à la fin de ma vie et si ça te va pas c'est à toi de ne pas en parler, tu savais très bien que j'allais dire ça en plus, alors pourquoi tu le ramènes sur le tapis si tu veux pas entendre ça ?

— Je sais, m'engueule pas.

— Désolée, je suis un peu fatiguée en ce moment.

— Bon allez parlons d'autre chose, comment vont les lardons ?

— Ben justement, ils me rendent folle, tu sais ce qu'a dit Dodo hier ? Ce qu'elle veut faire plus tard ?

— Hummm, arbitre de catch ?

— Hahahaa, bon c'est pas mal mais attends d'entendre la réalité, elle veut devenir clocharde !

— Clocharde ?

— Oui et attends, je la cite : « vivre dans la rue pour une vie sans entraves ».

— Quoi ?

— Quelle petite fille de six ans parle de trucs comme ça, et avec cette formulation ? « Vivre sans entraves » ? Elle sait même pas ce que ça veut dire !

— Mais c'est son grand frère qui lui a dit de dire ça pour te faire chier, non ?

— Peut-être bien ouais. Mais tu sais quoi ? Elle est tout à fait capable d'avoir trouvé ça toute seule et de me le sortir pour faire la maline, sans même comprendre le sens du truc.

— Si c'est le cas alors je suis admiratif.

— Ouais… Bon ça serait classe, faut admettre. Enfin je peux pas ouvertement être fière de ça, hahaha.

— Mais si, elle va tous les niquer, tu vas voir.

— Pfff, ça, je sais !

Ils rirent de bon cœur, et Lucien se sentit léger, même s'il était évident que ça n'allait pas durer bien longtemps. Il avait eu exactement ou presque ce qu'il était venu quémander, un peu de normalité dans ce monde devenu subitement incohérent.

— Ah tiens, Bob vient de rentrer… Il t'embrasse… Attends

deux secondes, Hmm… Hein? Oui, non mais ok bon ça va j'arrive, calme ta joie, bouffon! Bon je vais devoir y aller, sinon tout va bien de ton côté?

Lucien fut assailli par une énorme bouffée de souffrance. Que pouvait-il répondre à ça?

On y était, c'était la fin de la récréation.

— Tout va bien, oui, on essaye de se voir bientôt? De manger un midi?

— Ouais très bien, on fait ça.

— Mais pas dans six mois, ok?

— Promis, allez je t'embrasse, j'y vais, c'est le merdier ici, ça va gueuler! Haha, bisous.

— À bientôt.

Quand Lucien raccrocha il était accablé, il réalisait que tout était vain, qu'il était seul au monde.

Seul au monde, oui et non. Il était très loin d'oublier son nouveau colocataire. Et pire encore, il devait attendre l'appel de la police avant qu'il ne se passe… quoi? Aucune idée, mais il savait en revanche qu'il ne se passerait rien entre-temps.

«Tuer le temps avec un mort», il trouva la formule jolie. Disons que ça aurait pu l'être sans la cruelle ironie qui l'accompagnait.

Lucien retourna dans le salon et, regardant le cadavre, murmura:

«Mais t'es qui toi finalement? Pourquoi t'es venu chez moi? Y a vraiment des gens qui se lancent dans une nouvelle compagnie de télécoms? Vous êtes cinglés, vous pensez détrôner qui?».

S'il n'avait pas tenté son faux acte de bravoure, rien de tout cela ne serait arrivé. Pire, si cet abruti avait posé sa mallette ailleurs, il ne serait pas tombé, pas d'accident, pas de cadavre. Lucien serait en ce moment probablement en train de regarder la télé comme le demande un bon dimanche standard. S'il n'avait pas plu comme ça hier, jamais il ne l'aurait laissé rentrer chez lui, il lui aurait coupé l'herbe sous le pied sur le pas de la porte, sans méchanceté, même avec le sourire, pourquoi pas ? Il aurait continué sa journée, aurait mangé sa tarte salée si appétissante, aurait continué sa vie ordinaire. Et même, quitte à choisir il aurait largement préféré changer d'opérateur de téléphone ou d'internet si ça avait pu le sauver de cet embranchement qui puait le définitif. Jamais on ne se rend compte de la chance qu'on a. Un simple bobo peut nous pourrir la vie et prendre une place invraisemblable mais une fois disparu, pas de réjouissance, c'est simplement le retour à la normale, comme s'il n'avait jamais existé. Probablement qu'il faut des drames pour réellement jouir des bons moments. Sauf bien entendu quand ils sont définitifs, comme ici vraisemblablement. Ah si seulement… un petit retour en arrière, il y a si peu de temps, et tout aurait changé, s'il avait fait ses courses plus tard ?

Lucien avait pleinement conscience qu'il ne fallait pas se laisser enfermer dans la spirale du « et si » et de ses scénarios alternatifs. C'était là maintenant, il fallait vivre avec et avancer, en admettant que ça soit encore possible.

Lucien se retourna vers le corps.

« Tu ne t'es même pas présenté avec tout ça, juste dire son nom, pour créer un contact plus personnel, c'est pas dans ton manuel, ça ? D'un autre côté, t'avais pas l'air d'être très bon dans ton métier. Mais est-ce que faire du porte-à-porte en vendant des conneries est vraiment un métier ? »

Il s'approcha, renifla aux alentours. Le procédé de décomposition avait bien sûr commencé, sans se soucier du désagrément pour ceux qui restaient. Mais pas d'odeurs pour le moment, c'était toujours ça. D'ici demain ou après-demain, la situation aura forcément évolué, en mal ou en bien.

Lucien jeta un œil vers le manteau du vendeur et y trouva un mince portefeuille, contenant quelques cartes en plastique, MasterCard, Navigo, etc., un peu de liquide, aucune carte de visite et surtout une carte d'identité. Il allait savoir comment s'appelait son envahissant invité.

«Alors comment tu t'appelles avec ce… style. Ravi? Sanjay? Désolé, je ne connais pas bien la culture indienne, hindoue, l'un ou l'autre.»

Il découvrit le nom: «Marc Plisson».

«D'accord, pourquoi pas.»

Pour ne rien changer aux nouvelles habitudes, Lucien eut un moment de panique: pourquoi avait-il fouillé dans ses affaires? Il devait nettoyer tout ça à cause des empreintes digitales, et vite fait.

Se reprenant il se dit que ça n'avait aucune importance, ça ne l'incriminait pas davantage, ça n'avait en fait rien à voir.

Bercé par les polars et les séries policières, il avait toujours pensé avoir une grande connaissance des scènes de crime, des indices que les voleurs et meurtriers chevronnés laissent derrière eux, mais tout se mélangeait à cause de la confusion, du stress, du manque d'expérience réelle, celle qui compte.

Quand il avait acheté et prit possession de son appartement, il avait trouvé une latte de plancher courte, qui pouvait se retirer. Une petite cache idéale, qui pouvait abriter une arme, un document confidentiel, de l'argent ou un lingot d'or. Ça plaisait énormément à Lucien qui, même s'il n'avait rien de spécial à cacher, voulait absolument l'utiliser, c'était trop romanesque pour s'en passer. Dans un premier temps il y entreposa son carnet de chèques. Bien sûr ça n'était pas vraiment excitant et surtout affreusement peu pratique. Il s'en lassa rapidement. Pour ne pas s'avouer vaincu il y enfouit à la place le compromis de vente de l'appartement. Ça restait un document important, et même si la chose avait perdu de son charme, il percevait de la poésie dans le fait qu'un bâtiment puisse dissimuler ses propres papiers. C'était mieux que d'avoir une cache secrète qui ne renfermait rien.

Il se dit que si la situation l'exigeait, il pourrait y enfermer les affaires du mort, et mettre le tapis par-dessus ?

Il replaça les papiers où il les avait trouvés car ça n'avait aucune importance. Rien à dramatiser ou à embellir. Et d'abord, qu'est-ce qu'il racontait ? On n'était pas dans un roman policier et encore moins dans un conte de fées. Une nouvelle vague de panique confirma la réalité qui força Lucien à revenir sur terre.

Terre.

Parquet.

Verre.

Cadavre.

Voilà où il en était. C'était cruellement simple, la police le recontacterait comme promis et c'est à ce moment-là que la suite se déciderait.

Qu'allait-il faire jusque-là ?

Pouvait-il passer une soirée normale ? Bien sûr que non. Il tournait en rond comme un ours en cage, le vertige de la folie obsessionnelle n'étant plus très loin maintenant. Il fallait qu'il s'occupe.

Il ressortit un de ses cahiers d'écriture. Il ne comptait pas transformer son malheur en prose, à la manière d'un musicien de blues, non c'était juste pour penser à autre chose. Quand il écrivait c'était sur du papier, crayon, stylo, etc. C'était désuet, voire un peu ringard, il en convenait volontiers mais il ne voulait pas d'informatique dans sa pratique personnelle. Cette image de l'auteur avec sa plume et son buvard était carrément surfaite mais tant pis, ça l'aidait. Personne ne lisait ses mots qui se faisaient de plus en plus rares, donc au fond peu importait.

Il se lança, tenta quelque chose sur l'errance... c'était très mauvais. Il passa par l'étranger, le souvenir, le passage, et même directement la mort. Ça ne fonctionnait pas, rien de bien surprenant. Il arracha la page qu'il venait de gâcher, ferma le cahier et se perdit dans la contemplation de l'objet. Il le rouvrit à la première page et commença à feuilleter, le premier datait d'il y a trois ans, le dernier d'il y a dix mois. Il fut surpris d'apprécier ce qu'il lisait, c'était pas mal du tout. Rien d'indépassable mais une qualité simple, sans prétention. Il relit l'ensemble, et passa à un autre, plus ancien. Certains textes étaient inachevés, il y avait de tout, du dépouillé comme du complexe. Ça manquait un peu de cohésion mais ces œuvres n'avaient pas vocation à être appréciées en l'état, c'était un terrain de jeu où tout était permis. Il passa d'un cahier à l'autre, les parcourra tranquillement et fut à la fois triste et ragaillardi par cette redécouverte accidentelle. Ça lui manquait. Il se promit que s'il sortait en un seul morceau de cet enfer, il s'y remettrait. Sans objectif, juste pour le plaisir.

La soirée avançant finalement un brin, il alla dans la cuisine et se confectionna un sandwich avec du pain de mie, du jambon, un peu de beurre et la tomate qui restait. C'était le maximum qu'il pouvait envisager, et il n'était pas question de provoquer son estomac qui semblait pour le moment avoir déclaré l'armistice. La flammekueche et son aura de fin du monde devraient passer son tour.

Il s'installa finalement devant la télé et zappa frénétiquement, jetant régulièrement des coups d'œil furtifs vers le corps. Les programmes et émissions étaient tous plus débiles les uns que les autres mais c'était une bonne diversion pour son cerveau qui réclamait une trêve.

Vers dix heures il entama une partie de son rituel nocturne : se laver les dents, vérifier son réveil, confirmer que la porte d'entrée était bien verrouillée… Il scruta le cadavre une dernière fois, comme si quelque chose avait pu se passer sans qu'il s'en aperçoive, pour enfin aller se coucher. Pas de lecture ce soir. Il était épuisé et allait instantanément tomber dans un sommeil mérité.

Non.

Bien sûr que non.

Son esprit livrait une bataille farouche, faisait des tours sur lui-même, revenait sans cesse sur tous les détails vécus depuis hier après-midi, se projetait tous les mondes parallèles qui auraient pu remplacer celui d'aujourd'hui, imaginait les futurs possibles et impossibles, lançait questions et réponses, dialoguait tout seul. C'était devenu une machine autonome que rien ne semblait pouvoir arrêter.

Lentement, la fatigue remporta quand même la bataille et Lucien sombra dans une torpeur peuplée pour l'occasion des rêves les plus classiques : déplacements embourbés, progressions impossibles, hurlements muets, téléphones inactifs, coups de poing sans puissance… une compilation des clichés du genre, en somme.

6

Un lundi matin en apparence ordinaire, le radio-réveil sonna la fin d'un sommeil absolument pas réparateur. Lucien le coupa dans son élan en une fraction de seconde. Son organisme était dans les starting-blocks et attendait ce moment pour ne pas se faire prendre de court. La nuit avait été courte, morcelée, pénible, en rien reposante.

Il était largement au courant de la merde dans laquelle il était. Pourquoi son subconscient avait besoin de le lui rappeler toute la nuit, et avec des allégories peu inspirées? Ah, peu importe…

Il passa dans la salle de bains, eu un petit moment d'arrêt en voyant son expression et l'état général : traits tirés, cernes noirs, yeux pas encore bien symétriques, léger mal de crâne. Il ne sentait pas un début de journée mais plutôt le milieu de quelque chose, pas de renouveau, pas d'interruption. Il passa sous la douche, très bien, s'habilla rapidement et passa dans la cuisine américaine qui donnait sur la pièce principale.

Il ne s'attendait pas à un miracle et ne fut donc pas déçu. Son invité était toujours là. Même position, peut-être un peu affaissé par rapport à la veille, mais rien de notable.

Manger quelque chose ne lui disait rien.

Même s'il était encore tôt, il vérifia son téléphone portable, pas d'appel. Impossible de louper la sonnerie dans l'état de nerfs actuel, mais sait-on jamais. De toute façon que faire d'autre? La question resta en suspens. Qu'allait-il faire, non pas de manière générale, il n'avait pas trouvé de réponse pendant la nuit. Non. Que faire là, tout de suite?

Aller travailler? Il ne pouvait pas aller à l'agence, et si la police appelait à ce moment-là? Il y serait toute la journée, ça allait forcément mal tomber. D'un autre côté il ne pouvait pas rester ici des heures à attendre en compagnie du mort, c'était un coup à devenir cinglé. À ce niveau-là il valait mieux ne pas en rajouter inutilement.

D'accord, il se rendrait au boulot, il avait son propre bureau, il aurait toute l'intimité nécessaire si besoin. C'était, entre autres, un des intérêts du poste de concepteur rédacteur: ne pas être en open space, avoir un endroit à soi pour pouvoir réfléchir dans le calme sans être parasité par les bavardages d'une petite fourmilière.

Il se prépara quand même un café, au moins pour ne pas arriver en avance, lui qui était assez ponctuel. Il le finit en une minute. D'accord, impossible de rester tranquillement ici, il fallait sortir.

Il passa sa veste et s'arma de son casque de vélo. Une fois devant la porte, il entendit des cliquetis de serrure. Il prit place une fois de plus derrière le judas et découvrit Joe qui sortait de chez lui. Il était vêtu d'un superbe costume lie-de-vin, ça sentait le sur-mesure, un long manteau habillé sous le bras et une incontournable clope au bec. Quelle classe, il lui manquait plus qu'un chapeau pour aller postuler au casting de n'importe quel film de gangsters haut de gamme. Lucien en fut légèrement jaloux. C'était un peu facile d'avoir une élégance pareille avec de tels accessoires. D'accord c'était faux, il le savait. Jamais il n'aurait pu assumer un style pareil. Il portait ce matin un jean, bleu bien sûr, un t-shirt noir et un sweat-shirt à capuche noir également. Au moins il ne portait pas de fringues de sport, mais il devait admettre que ça restait totalement neutre. Il se fondrait facilement dans n'importe quel décor contemporain. Bon, il avait d'autres problèmes et verrait un autre jour pour un changement de garde-robe.

Il attendit plus longtemps que de raison que Joe soit hors de sa vue. Il ne se sentait pas la force de parler avec ce personnage bizarre pour le moment. D'autant plus qu'il ne l'avait pas revu depuis cette soirée de beuverie inattendue, parsemée de trous noirs plutôt embarrassants.

Arrivé sur la pointe des pieds au local à vélo, Lucien pensait pouvoir profiter un peu de l'accalmie procurée par la distance qu'il venait de mettre entre le vendeur et lui, Joe. Mais il se demanda soudain s'il avait bien fermé la porte à clé. Ce genre d'incertitude ne faisait pas partie de ses habitudes mais il prit conscience qu'il laissait derrière lui un cadavre en décomposition, allongé tranquillement dans son living-room. Sans s'y être pour autant attardé, il n'avait rien remarqué avant de partir. Mais ça allait arriver d'un jour à l'autre, les bactéries n'avaient pas attendu l'autorisation pour commencer leur besogne et la putréfaction allait immanquablement se faire sentir. Il faudrait peut-être désodoriser, oui mais comment ? Il pourrait acheter de l'encens en rentrant. Ouvrir les fenêtres aussi, mais pas pendant son absence, il voulait être là pour pouvoir prendre des décisions si besoin.

Il ne pouvait pas faire grand-chose de plus mais pour sa tranquillité d'esprit, façon de parler, il remonta vérifier rapidement qu'il avait bien tout verrouillé. C'était bien évidemment le cas mais au moins il en était certain. Il pouvait s'absenter sans avoir à y penser tout le long de la journée qui logiquement allait durer une éternité.

Une fois revenu, il ouvrit le local et sortit son vélo, un modèle de ville fonctionnel, sans fioritures genre compartiment pour bouteille d'eau, rétroviseurs, compteur kilométrique… c'était juste un vélo.

Il avait quinze minutes de trajet pour se rendre au travail. Et c'était bien plus agréable que le métro ou le bus qu'il prenait uniquement quand il pleuvait ou s'il faisait trop froid.

Arrivé à destination, pile à l'heure, il abandonna sa monture dans le petit garage qui fermait à clé et emprunta l'ascenseur jusqu'à son étage.

L'agence dans laquelle il travaillait était relativement modeste, une vingtaine d'employés au total, avec une ambiance décontractée et agréable. Un peu terne aux goûts de certains mais pas de guerre intestine, pas de clans, pas tellement de problèmes d'ego liés à l'organigramme ou la hiérarchie. Même si Lucien était en bons termes avec ses collègues, il aimait secrètement et honteusement le fait d'avoir un poste unique qui disposait de son propre bureau.

Arrivé à l'accueil, il salua Nathalie, la standardiste, ou disait-on hôtesse de… quelque chose? Toujours agréable et disponible, elle travaillait ici depuis cinq ans. En couple, malheureusement. Et pire, avec un boxeur professionnel, ce qui au fond ne changeait rien mais lui conférait une aura particulière, comme si son charme naturel était agrémenté d'une dangerosité clandestine.

— Salut.

— Salut Lucien, waouh c'est quoi cette tête?

— J'ai une sale tête ?

— Je voulais pas dire ça comme ça, t'es bête, mais t'as dormi toi ce week-end ?

— Pas tellement, non.

— Toi tu as fait la fête. Oh, attends, tu as rencontré quelqu'un !

Lucien dut s'arrêter mentalement quelques instants, tant l'ironie était cruelle mais drôle. L'ombre d'un sourire se dessina sur ses lèvres.

— Rencontré quelqu'un. Et bien… Oui dans une certaine mesure on peut dire que j'ai rencontré quelqu'un.

— Oh tu vas me raconter ça ! À midi par exemple ? Tu es occupé aujourd'hui ?

À sa grande surprise, Lucien se reprit instantanément.

— Ça, j'aurais bien aimé te raconter des trucs croustillants mais non, c'est juste mon nouveau voisin, et… Ouais apparemment il aime bien picoler et j'ai dû le suivre.

— T'as dû le suivre, ouais d'accord je vois, t'as plus ou moins été obligé, par politesse, probablement ?

— Arrête de te foutre de moi, juste je me suis pas rendu compte et j'ai été un peu plus lourd que j'aurais voulu, quoi. Une biture surprise.

— Une biture surprise, d'aaaaccord.

— Un truc de jeunes, je sais. Bon j'y vais, je repasserais le jour où j'aurai un truc salace à raconter.

— T'inquiète pas, je pense rester ici encore quelques années.

— Quel coup bas…

— Hé hé, allez, à plus tard.

Lucien ne revenait pas d'à quel point il avait bien négocié cette discussion. Même s'il se retrouvait un peu vexé par cette dernière petite blague apparemment innocente. Petit détour obligatoire par la machine à café de l'espace détente, il était seul, ça tombait plutôt bien. Le distributeur lui prépara son habituel expresso passable et quelques minutes plus tard il s'installait dans son bureau, laissa comme toujours la porte ouverte et alluma son ordinateur. Il vérifia ses e-mails, passa en revue quelques articles, comme il aurait fait n'importe quel autre jour d'une vie de bureau qu'il connaissait par cœur.

Peu de temps après, Guy, le directeur de clientèle avec qui il collaborait le plus, frappa au cadre de la porte :

— Ah salut Lucien, tiens, j'ai déjà un retour de l'ANFS, concernant le texte d'intro du huit-pages, ils sont très contents, le planning stratégique est respecté, tous les points qu'on a abordés la semaine dernière y sont, c'est très bien, rien à changer à ce niveau-là. Ils voudraient juste qu'on étoffe un peu, que le truc soit un peu plus long, plus ampoulé, plus « intéressant ». Bref oui, plus étoffé, quoi.

— Ils veulent des mots avec plus de syllabes, ok.

— Ah tu l'aimes bien cette blague, hein ?

— C'est vrai oui, mais admets que c'est pas si loin de la réalité.

— Tout à fait, tout à fait… Tu peux faire ça ce matin ? J'aimerais bien avancer avec ce huit-pages, comme ça on pourra le filer à relire tout à l'heure.

— Oui pas de problèmes, j'ai rien d'autre, là.

— Cool, merci, à tout à l'heure.

Guy était d'origine chinoise, « Guy Ho », plutôt bedonnant, avec d'épais cheveux noirs qui mettaient malgré eux en valeur une calvitie bien prononcée. Quelque temps auparavant, un jeune stagiaire l'avait surnommé « Yu-Gi-Oh », en référence à un dessin animé japonais. Lucien et ses collègues étant complètement largués dans ce domaine, et pour que sa blague fonctionne, il leur avait montré de quoi il s'agissait. Un manga qui tournait autour de duels de jeux de cartes, qui alliait fausse démonstration de stratégie, déploiement incohérent de monstres, attaques de feu, foudre, explosions, retournement de situation totalement arbitraire... Ça n'avait absolument aucun sens, avec un but à peine voilé de vendre des jouets et produits dérivés. Le contraste entre cette esthétique japonaise hideuse à en faire mal aux yeux et la bonhomie naturelle de Guy les avait beaucoup fait rire et ce surnom revenait de temps en temps. Ça ne vexait nullement le principal intéressé qui ne se laissait pas facilement déstabiliser. Par force d'esprit ou par manque d'intérêt global ? Personne ne le savait ni n'avait vraiment envie de le découvrir.

Lucien réampoula le texte avec sa facilité habituelle. Un script informatique aurait quasiment pu faire le job tant il surfait sur les clichés et les discours sans substance. Il avait quand même réussi à placer « sans ambages », « pléthorique » et « canons de Navarone », entre autres, tout en évitant au maximum les anglicismes. Il pensait faire la différence sur ce point. Admettons.

Guy recevrait le texte révisé d'ici une heure, il n'allait pas le faire immédiatement, tout de même.

En attendant il se connecta sur internet pour faire une recherche. L'agence n'utilisait pas Google mais Ecosia, un moteur de recherche vert, qui plantait des arbres grâce aux requêtes de ses utilisateurs. Le milieu professionnel se devait d'être écolo dès que possible.

Comment une recherche internet pouvait planter des arbres ? Lucien n'en savait rien et n'avait pas cherché à savoir, tout simplement il s'en foutait. On ne peut pas s'intéresser à tout.

Il tapa « fait divers », mais se rendit compte rapidement que c'était bien trop générique. Il tenta alors «fait divers mort accident» qui lui proposa des résultats plus proches de ce qu'il attendait. Il ne s'attarda pas trop sur les accidents de la route et se mit à lire quelques articles, les parcourant avec avidité, à la recherche d'éléments bien précis qu'il trouva facilement et presque systématiquement:

«La piste d'un suicide privilégiée par les enquêteurs de la police.»

«… ainsi qu'aux constatations utiles au démarrage de l'enquête.»

«L'homme de quarante-deux ans doit être présenté ce lundi à un juge d'instruction en vue de sa mise en examen.»

«Le quadragénaire a été interpelé sans opposer de résistance. Il a été placé en garde à vue.»

«En pleine crise d'hystérie et fortement alcoolisé, l'agresseur présumé a été placé en garde à vue puis incarcéré.»

D'accord, la société avait encore l'air de fonctionner convenablement. Il ne savait pas du tout si c'était rassurant ou au contraire problématique. Qu'est-ce que ça disait exactement? Qu'il était devenu dingue? Que tout le monde était devenu dingue excepté lui? Cette idée était très suspecte et il n'avançait pas d'un poil.

Il vérifiait régulièrement son portable qui avait suffisamment de batterie pour tenir la journée. Mais pas d'appel, pas de message ni de SMS.

La matinée s'éternisait, rien d'inhabituel, mais arrivait quand même péniblement à son terme. Le texte révisé avait été reçu par un Guy reconnaissant qui avait répondu par retour d'e-mail «C'est parfait pour moi, je fais relire une dernière fois et j'envoie au client, à tout à l'heure au self?». Au moins tout ronronnait comme prévu du côté professionnel.

Ils partageaient une cantine avec les autres agences de l'immeuble, certains auraient préféré des tickets-restaurants mais Lucien appréciait ces repas qui lui procuraient un semblant de vie sociale, d'autant plus que la cuisine n'était pas mauvaise et plutôt variée. Aujourd'hui il était mal à l'aise et ressentait le besoin de retourner chez lui voir si tout se passait bien. Ce qui ne voulait pas dire grand-chose bien sûr, mais entre le besoin de fuite et l'ombre menaçante de ce qu'il avait laissé dans l'appartement, impossible de se raisonner complètement. Il rejoignit donc le petit troupeau de travailleurs affamés et tenta d'adopter une attitude ordinaire. Pour une personne aussi peu démonstrative, ça ne devrait pas être un effort indépassable. Il s'en était très bien tiré jusque-là, se dit-il pour se donner du courage.

C'est avec cette vaillance artificielle qu'il choisit un saumon accompagné de son écrasé de pommes de terre, pas d'entrée ni de dessert, avant d'aller s'asseoir aujourd'hui avec Patrick, le vieux relecteur. Non pas qu'il soit très âgé mais c'était la meilleure façon de le décrire, et Marianne, jeune maman du planning stratégique. D'autres viendraient compléter cette tablée au fur et à mesure, selon les emplois du temps de chacun. Ils parlèrent de leurs week-ends respectifs, de certains boulots en cours… Discussions parfaites pour Lucien qui pouvait surnager sans prendre de risques ni paraître trop à côté de la plaque. Ils furent rejoints un peu plus tard par J.-C., un jeune chef de projet enthousiaste et quelquefois fatigant qui leur fit le portrait d'un musicien dont il avait vu quelques vidéos sur YouTube ces temps-ci. Il s'agissait d'un guitariste de hard rock qui s'était illustré un nombre incalculable de fois par des faits d'armes liés à la drogue, l'alcool et tous les excès qui allaient naturellement de pair. Il narrait tout ça avec une ardeur quelque peu démesurée à un public patient mais pas vraiment intéressé. C'était souvent le cas avec ce J.-C. qui pensait probablement s'attribuer un peu de la substance de ces personnages hors normes en les citant et en les racontant. Ne se rendant pas compte qu'il en fallait un peu plus que des histoires de débauche classique à la « sex, drugs & rock'n'roll » pour impressionner son auditoire, il persévérait en poursuivant son monologue de conteur exalté.

Entre deux « ah oui » ou « tiens donc », Lucien se demandait combien de temps il pouvait continuer comme ça sans se lasser, et surtout sans se rendre compte que ses voisins de tables ne parlaient presque plus, marquant de temps à autre leur participation forcée par des brefs hochements de tête polis.

Sauver par la maigreur de son menu, Lucien prétexta un retard sur son travail pour s'éclipser. L'exposé temporairement interrompu, Marianna en profita :

— Ah oui ? Moi c'est plutôt calme en ce moment, pas vous ?

— Oh si si, moi aussi, les journées sont super longues en ce moment, surenchérit Patrick.

— C'est pas hyperchargé ouais, mais je dois revoir le truc ANFS pour cet aprèm, mentit Lucien, se rendant compte dans la précipitation que Patrick l'avait peut-être déjà reçu en relecture.

Apparemment non. Ou peut-être qu'il avait compris son stratagème de repli et acceptait implicitement de ne pas le faire plonger. Sympa, il faut admettre.

Lucien laissa donc ses pauvres acolytes à leur sort. En rapportant son plateau il eut le temps d'entendre « Attendez, je finis juste mon truc, parce que la fin est incroyable… Ce mec était fou, vous allez voir… »

De retour à son bureau, il ne trouva pas de nouveaux e-mails, pas de nouveaux messages. Il vérifia son téléphone : rien. Alla furtivement se chercher un café, évitant dans la mesure du possible de croiser du monde. Il commença sans le vouloir à replonger la tête la première dans son marasme obsessionnel. Il était épuisé. Ressasser encore et encore était harassant et cruellement stérile. Un imposant dossier bien contraignant aurait été un délice, dégusté comme un mets de choix par un cerveau en demande d'anesthésie générale.

Il retourna lire des faits divers sur internet, mais n'en tira rien de plus. Puis tenta les termes « folie OU hallucination collective » et lu des articles très intéressants mais qui ne lui étaient d'aucune aide.

Évidemment qu'il ne pouvait pas trouver exactement ce qu'il cherchait, il n'était déjà pas certain de tout bien comprendre lui-même, donc comment un putain de moteur de recherche écologique pouvait l'aider ?

Accablé, il ne pouvait qu'attendre l'appel de la police, comme il se l'était déjà dit un millier de fois.

Il vérifia son téléphone : rien.

Nouveau café. Au moins la chance était de son côté et il évitait ses collègues avec une aisance qui lui apporta un très maigre et très court réconfort. Mais au point où il en était, il n'allait certainement pas faire la fine bouche.

Guy fit une nouvelle apparition.

— C'est bon le texte est relu, c'est envoyé au client.

— T'es venu pour me dire ça ?

— Hein ? Ben heu… Oui. Quoi je te dérange ? T'as pas l'air de crouler sous le boulot, vu d'ici.

— Non non excuse-moi, je voulais dire qu'il fallait pas te déranger pour ça.

— Me déranger ? T'es bizarre toi aujourd'hui, conclut Guy en tournant les talons.

Ok. Ça ne servait à rien de s'en prendre à ce pauvre Yu-Gi-Oh, d'autant que Lucien cherchait à cacher ses problèmes comme s'il avait commis un odieux larcin. Alors qu'il n'avait rien fait, c'était quand même un peu fort, tout de même !

Nouvelle spirale, auto-apitoiement, questions sans réponses ; il fallait sortir de tout ça.

Il vérifia son téléphone : rien.

Heureusement pour lui il fut sauvé par le gong, qui revêtit ici la forme d'une notification informatique lui annonçant un nouvel e-mail. Lucien se jeta dessus comme la misère sur le monde du travail : c'était bien une demande pour un autre client, un fournisseur d'énergie lambda, il devait produire un texte de mille signes, traitant d'écologie, pour ne pas changer. Les points techniques, détails et chiffres étaient fournis et il n'avait plus qu'à s'y atteler. Il n'avait jamais été aussi heureux de recevoir un job insignifiant mais ayant le mérite d'occuper ses synapses pendant une sûrement trop courte récréation intellectuelle. Ne penser à rien, à rien d'important en tout cas. Une méditation bien méritée, façon turbin.

Il était devenu un robot, maniant avec une souplesse automatique les informations que le client voulait mettre en avant, des mensonges, soyons clairs, mais encore fallait-il les manipuler et les emboîter entre eux avec le professionnalisme nécessaire pour faire passer la pilule énergétique. Toutes ses astuces habituelles y passaient, c'était pour lui un cirque cérébral, surtout porté sur les équilibristes et autres acrobates… brutalement interrompus par le tandem sonnerie et vibreur provenant de son téléphone portable.

Lucien s'en saisit sans même s'en apercevoir et décrocha, sans prendre la peine de regarder le numéro de l'appelant.

Il n'eut pas le temps de tenter un « allo » qu'une voix robotique le coupa :

« Ne raccrochez pas, ceci est un message important… ».

C'était tout, la personne synthétique au bout du fil avait raccroché.

Un spam téléphonique! Lucien n'en revenait pas. Il resta planté comme un simplet, son petit appareil dans la main, avant de pleinement se laisser aller à la moindre réaction. Son visage se figea, ses muscles se contractèrent, sa main se crispa sur l'innocent portable et il cracha entre ses dents :

«Putain de fils de putes de merde!»

Le genre de cri furtif, tout en souffle, discret mais qui provoque une légère douleur dans la gorge et les cordes vocales.

Après quelques minutes d'inaction totale, il alla quand même vérifier le numéro sur internet, qui lui confirma sans surprise que c'était un interlocuteur malicieux, qu'il ne fallait pas rappeler sous peine de se faire facturer l'appel, ou quelque chose d'approchant.

Lucien se dit doucement mais à haute voix :

«Mais pourquoi ils me rappellent pas ces cons?»

Il avait envie de les contacter là tout de suite mais se raisonna, il attendrait d'être de retour chez lui. Il serait dans de meilleures dispositions, davantage préparé et aurait tout son temps, si besoin.

Le reste de la journée fut très laborieux et sa conclusion fut une véritable libération. Il attendit quand même l'heure la plus attendue pour mettre les voiles. Prononça quelques «au revoir», «à demain» en traversant les couloirs qui le séparaient de la sortie du monde des agences de com. Ce n'était pas comme si ce qui l'attendait au bercail lui manquait mais quitte à choisir il préférait le semblant de contrôle qu'il pensait avoir chez lui. En fait il n'était pas certain.

Il vérifia son téléphone : rien.

Passant devant l'accueil, il lâcha un «salut à demain» qui se voulait rapide et efficace. Nathalie, qui s'apprêtait, elle aussi, à lever le camp lui répondit, plein d'entrain :

— Alors, impatient de retrouver ton nouveau copain ?

Ce qui stoppa Lucien dans son élan. Il se retourna, lui sourit, ouvrit la bouche, marqua une pause, et la referma, pour finalement lui faire un petit signe de tête et reprendre son chemin, gardant la même expression sans savoir pourquoi.

Il croisa une dernière fois Guy en détachant son vélo.

— Lucien, à demain ! Bon finalement c'était une bonne journée, on a bien avancé, c'est cool. Passe une bonne soirée !

— Oui toi aussi !

« Une bonne journée » ? « Finalement » ? Mais de quoi il parlait ?

Ce Guy était quand même bizarre, à moins que ça ne soit le monde de l'entreprise dans son ensemble.

À bien y réfléchir c'était l'univers entier qui semblait incompréhensible à Lucien en ce moment, mais admettons que ça ne comptait pas vraiment. Chaque chose en son temps, il avait passé la journée, c'était déjà une petite victoire. En tout cas ce n'était pas une défaite.

Le trajet du retour se déroula dans une impatience enfantine, il devait se faire violence pour ne pas griller tous les feux rouges et couper toutes les priorités. Cela dit peut-être qu'un accident de circulation obligerait la police à se pencher sur son problème ? Autant se focaliser sur la route plutôt que de penser à des conneries pareilles.

Enfin arrivé à bon port il attacha sa monture dans le local, passa devant les boîtes aux lettres, vérifia son courrier… Tiens donc, « Joël Dreviski », ça alors. Bon peu importait, il penserait un autre jour à ce connard, quelqu'un l'attendait sagement à la maison.

Une fois la porte passée, il retrouva la scène exactement comme il l'avait laissée lors de son départ matinal. Pourquoi en était-il étonné ? La paranoïa parasitait son aptitude à raisonner correctement.

Tout en se débarrassant avec sa veste il remarqua que la nouvelle odeur tant redoutée avait finalement commencé à prendre possession des lieux, lentement mais sûrement. C'était encore léger mais absolument indéniable.

Il vérifia son téléphone : rien.

Ok, il était temps de les rappeler lui-même, la situation n'était plus tenable. Quoi qu'il se passe dans les prochaines heures il fallait que quelque chose se produise. Même si ça sonnait la fin de la vie telle qu'il l'avait connue. C'était ça ou devenir fou.

Il pensa retourner au commissariat mais ne voulait pas repasser par toutes ces étapes, il fallait que ça aille vite, un accident, un cadavre, venez m'aider ou me chercher, vous avez l'embarras du choix.

Il alla trouver le bon numéro de téléphone sur internet et marqua une pause, comme un sportif se concentre avant de tout donner. Enfin il composa la suite de numéros.

— Allo oui j'écoute.

— Allo, oui c'est bien la police ?

— Police, j'écoute.

— Bonjour, voilà, je suis venu hier pour déclarer un accident mortel dans mon appartement et heu… Vous deviez me rappeler.

— Je devais vous rappeler ?

— Non mais pas vous personnellement, quelqu'un du commissariat j'imagine.

— Et donc personne ne vous a contacté, on vous a dit qu'on vous rappellerait quand exactement ?

— Aujourd'hui, peut-être demain, mais enfin voilà, j'ai un cadavre dans mon salon et je pense que la personne à qui j'ai parlé n'a peut-être pas bien saisi la situation et depuis je ne sais pas trop quoi faire.

— Et bien vous le disiez-vous même, il faut attendre qu'on vous rappelle, Monsieur.

— Mais attendez, il y a un cadavre, on peut pas le laisser comme ça.

— J'en sais rien moi, je ne connais pas le dossier, vous avez parlé à qui ?

— Ah je ne pense pas avoir eu son nom, c'est un grand gaillard avec une moustache.

— Ah je vois très bien, il porte souvent un uniforme, c'est ça ?

— Et bien, heu… oui j'imagine, oui forcément mais heu…

— Bon, Monsieur, j'ai pas trop le temps de rigoler avec vous, c'est le commissariat de police là, pas un lavomatic.

— Mais…

— Autre chose ?

— Attendez, attendez, deux minutes. Je vous parle d'un mort quand même ! Comment ça se fait que vous n'en ayez rien à foutre ?

— Changez de ton monsieur, oui j'ai compris la situation mais bon on est assez débordés en ce moment, vous comprendrez facilement que votre cas ne soit pas une priorité.

— Mais non ! Enfin non, je ne comprends pas du tout ! Vous êtes tous devenus dingues ou quoi ? Mais qu'est-ce qui se passe à la fin ?

— Il se passe que tout le monde a ses problèmes et que tout le monde pense être la personne la plus importante de France et vous savez quoi ? Et bien c'est pas le cas. Est-ce que c'est plus clair comme ça ?

— Mais je cherche juste à faire ce qu'il faut ! J'appelle la police comme le ferait tout citoyen responsable !

— Ah oui parce que c'est les citoyens responsables qui appellent la police, première nouvelle.

— Mais arrêtez avec vos sarcasmes à la fin ! Moi j'ai un cadavre qui va commencer à se décomposer chez moi, admettons que ça soit une situation courante, il faut quand même s'en occuper, même juste pour des raisons sanitaires, pour prévenir la famille du défunt, je sais pas moi ! Merde aidez-moi !

— Désolé monsieur mais c'est pas un service d'aide à la personne ici, donc soit vous attendez qu'on vous appelle soit vous prenez un peu sur vous.

Sur ce, le policier raccrocha sans plus de politesse.

Médusé, humilié, après avoir dévisagé son téléphone portable pendant quelques minutes, Lucien se dit qu'il ne pourrait pas compter sur les autorités qui ne le rappelleraient probablement jamais. Comment c'était possible ? Il se retourna soudain vers le corps comme pour le prendre à témoin, bien sûr sans succès.

Il ne pouvait pas être en train de devenir fou, impossible, pour preuve son voisin avait vu le cadavre, il s'était d'ailleurs demandé s'il voudrait récupérer son manteau, il ne l'avait pas inventé. Il pouvait toujours frapper chez lui pour lui demander une confirmation, attester que ça ne se passait pas entièrement dans sa pauvre tête. Cela dit son attitude de la veille n'avait rien de rationnel, et encore moins de rassurant.

Mais non bien sûr que c'était réel, outre le fait qu'il faisait confiance à ses sens, il n'avait aucune raison d'inventer une telle histoire, qu'est-ce qu'il pouvait en tirer ? Qu'est-ce qu'une conscience aussi cartésienne que la sienne aurait comme intérêt là-dedans ?

Peut-être que la vie est toujours ainsi ? Après tout jamais il n'avait été confronté à de telles circonstances, il n'avait jamais eu affaire à la police ni à la justice, peut-être que, influencé par les séries télé et les romans, on ne sait pas à quel point la réalité peut être peuplée de gens bornés et incapables, peut être que ce genre de problèmes est toujours géré par-dessus la jambe par des humains sans empathie, ne pensant qu'à leur gueule. Qui voudrait aider un parfait inconnu si on peut s'en passer? Qui serait poli et patient avec une personne en détresse? Lui-même, est-ce que ça lui arrivait d'avoir des gestes parfaitement désintéressés? Pas vraiment.

Sauf que ça fait partie du métier de la police, ils ne sont pas censés l'aider par gentillesse mais parce qu'ils sont payés pour. Ils ne sont pas tenus d'être agréables, mais un minimum serait de ne pas se foutre ouvertement de sa gueule au téléphone!

L'outrage et l'humiliation avaient muté en une violente ébullition. Quelle que soit l'explication de cette débâcle, il n'avait pas à subir ça, personne n'avait à subir ça.

Et puisque tout le monde s'en foutait et bien très bien, vous l'aurez voulu!

Lucien alla dans le coin cuisine, s'empara de sacs-poubelles, passa vers le grand placard utilitaire pour y trouver du chatterton et s'approcha du cadavre. Il le fit rouler sur le côté pour le dégager des éclats de verres restants, eu un haut-le-cœur à cause du léger bruit des articulations et du parfum indescriptible impossible à ignorer.

«Tu vas voir, toi», s'entendit-il pester.

Mû par une détermination animale, il se mit en œuvre d'emballer le corps du mieux possible et le plus hermétiquement possible. La première couche de sacs était maladroite et très peu optimisée, mais il persévéra, couche après couche, pour arriver à un résultat satisfaisant sous la forme d'une momie de plastique noir et de gros scotch brun.

«Ah ouais? Un cadavre c'est pas intéressant?».

Il le traîna sur un mètre et constata avec satisfaction que sa besogne était suffisamment solide et tenait le coup sans problème.

À l'aide d'un dernier sac, il ramassa les ultimes débris échoués sur le plancher depuis maintenant deux jours. Ça faisait du bien d'avoir l'impression d'avancer.

«On est pas concernés, après tout on est que la putain de police!».

Maintenant le plus gros et le plus délicat allait commencer: s'en débarrasser.

Comme tout le monde semblait s'accorder à en avoir rien à foutre, il allait faire de même et balancer ça dehors, dans une benne à ordure ou une simple poubelle verte, maintenant, en plein jour.

«Et pourquoi pas la poubelle jaune, hein? T'es pas recyclable toi peut être?».

Le moment de vérité. Comment soulever un tel fardeau?

Lucien le traîna vers le petit fauteuil à proximité. Son plan était de le faire asseoir afin de pouvoir le transvaser sur son épaule, buste derrière lui, jambes devant, ou peut-être l'inverse. La manœuvre s'imposerait d'elle-même.

Le mettre en position assise s'avéra bien plus pénible que prévu, et il dut faire une pause une fois cette opération accomplie. Il était déjà en nage.

Ça n'était pas le moment de fléchir, il fit donc basculer le corps sur son épaule, répartissant la charge équitablement entre l'avant et l'arrière.

C'était bien plus lourd que prévu mais jusque-là ça fonctionnait, les multiples couches de sacs étaient suffisamment robustes, ça allait parfaitement. Il tituba jusqu'à la porte, cette fois sans se préoccuper du judas et sortit dans le couloir avec sa chrysalide noire sur le dos.

La descente était éprouvante. Prenant appui sur la rampe d'escalier, il dut s'arrêter un nombre incalculable de fois pour reprendre son souffle.

«Tiens donc, personne? Pas de Joe? Personne pour m'aider à transporter ce paquet tout à fait anodin?».

Porté par un acharnement anormal, Lucien passa devant les boîtes aux lettres puis la porte cochère pour finalement se retrouver dans la rue. Il commençait à s'habituer à cette charge et à la gestion chaotique de son équilibre.

Une poubelle verte trônait sur le trottoir d'en face. Il ouvrit le couvercle, par chance elle était vide.

«Bon et bien on y est, après vous je vous en prie».

Il fit basculer le barda à l'intérieur, buste en avant, sans tout faire tomber à la renverse. Les pieds dépassaient encore. C'était fait.

— S'il vous plaît monsieur?

Lucien se retourna en panique et découvrit un policier en uniforme, l'air perplexe. Était-ce enfin un retour à la normale? Un représentant de la justice et de la répression allait-il enfin faire son travail?

— Monsieur l'agent?

— Oui, bonjour, vous faites quoi là exactement?

— Et bien comme vous le voyez je jette… quelque chose.

— Veuillez éteindre le moteur et sortir du véhicule, s'il vous plaît.

— Quoi?

— Haha, désolé j'adore dire ça aux piétons, pardonnez-moi.

— Mais…

— Il faut rigoler, Monsieur, hein? Bon cette blague c'est déjà la troisième fois que je la fais de la journée, mais ça me fait rire, voilà, ça me fait rire. Qu'est-ce que vous voulez faire, hein?

— Et bien… oui d'accord.

— Bon revenons à nos moutons, votre truc là, ça m'a tout l'air d'être un corps humain, non ?

Lucien se sentit frappé de plein fouet par un dur retour à la réalité. Ça y est, on allait l'emmener en prison, tout était foutu. Comment sa sœur allait apprendre ça ? Que diraient ses collègues ? « On était tellement loin de se douter, un homme si charmant, si normal ». Pourquoi n'avait-il pas accepté l'absurde et ce passe-droit inexplicable ?

Par réflexe il se lança quand même dans une tentative d'explication.

— C'est un vendeur qui est venu chez moi, il est mort accidentellement, il est tombé et s'est cassé le cou, je crois. Je suis allé au commissariat mais ils m'ont renvoyé chez moi ! J'ai rappelé mais ça n'a servi à rien, comprenez-moi je ne sais plus quoi faire après tout. Alors oui, j'ai décidé de m'en débarrasser. Il commence à pourrir, je peux pas garder ça chez moi. Enfin, qu'est-ce que j'étais censé faire ?

— Attendez, attendez, nous, les forces de l'ordre, on est pas uniquement là pour faire peur et être les pères tape dur. Notre fonction elle est en premier de faire que tout se passe bien pour tout le monde. Faut pas nous voir comme des méchants. Quand la situation l'exige on est obligés de montrer les dents mais la plupart du temps les choses se passent bien.

— Comment ça ?

— Et bien oui, bon regardez, vous par exemple. Je vais pas vous sermonner des heures mais vous devez reconnaître. Vous balancez ça comme ça, dans une poubelle municipale, le truc dépasse à moitié, vous croyez que c'est correct ?

— Et bien… Non ?

— Non, ça ne se fait pas.

— Ça ne se fait pas de balancer des cadavres dans la poubelle municipale…

— Exactement! Vous voyez vous l'admettez et on peut repartir sur des bases saines, pas besoin de tout compliquer pour rien ni de partir sur nos grands chevaux.

— Écoutez, je ne sais vraiment pas ce qui m'arrive. Expliquez-moi. Depuis quand ça vous affole pas de voir un mec se débarrasser d'un cadavre dans la rue?

— C'est pas ça, mais vous le disiez-vous même tout à l'heure, juste au niveau de l'hygiène, enfin vous allez pas me dire que c'est ok de laisser ça là. Je sais bien que c'est une poubelle mais ça justifie pas tout. Cela dit je dois admettre que vous avez super bien bossé sur l'empaquetage.

— Mais donc je fais quoi?

— Bon, je vais passer outre l'infraction, normalement ça vaut une amende de soixante-huit euros forfaitaires. Mais vous m'avez l'air un peu paumé et pas trop dans votre assiette. Comme je vous disais, on est pas là pour faire chier les gens, mais pour que tout se passe bien pour la communauté.

— Mais… Attendez mais du coup je fais quoi? Je veux bien les payer les soixante-huit euros, ça m'est égal.

— Non mais oubliez l'amende, c'est pas le problème pour le moment.

— Le problème c'est quoi?

— C'est votre cadavre là, allez, me forcez pas à utiliser mon autorité.

— Mais je demande pas mieux, mais je fais quoi?

— Et bien premièrement vous allez le ramener chez vous. Vous aviserez.

— Le ramener chez moi ?

— Le ramener chez vous.

— Mais vous êtes tous devenus complètement dingues ou quoi ? Je gêne avec mon cadavre c'est ça ? C'est pas assez propre pour cette rue merdique ?

— Écoutez monsieur, je pense avoir été attentif et compréhensif, si vous continuez sur ce ton, ça va mal finir. Vous voulez finir au poste ou quoi ?

— Mais oui ! Exactement, je veux finir au poste !

— Ah vous êtes sympathique vous, ça change un peu. Allez, vous me remontez ça, par contre je vous surveille, ne vous avisez pas de revenir sur vos pas, je reste ici encore un petit moment.

Lucien prit douloureusement conscience qu'il ne pourrait rien tirer de ce flic dérangé. Il allait devoir faire tout le trajet en sens inverse. Mentalement à court de ressources, il fut obligé de s'exécuter.

— Bon au moins aidez-moi à le porter.

— Attendez, je touche pas à ça, moi.

— Vous allez pas m'aider ?

— Pas pour le porter non, mais vous me direz merci plus tard, vous verrez.

— Alors ça, ça m'étonnerait.

Sortir le corps fut bien plus laborieux que de l'y déposer. La poubelle faillit tomber mais le policier la rattrapa et dut la maintenir en place pendant que Lucien assurait une prise solide.

— C'était qui au fait, un ami à vous ?

— Mais non, je vous ai dit, c'était un vendeur.

— On peut très bien être ami avec un vendeur.

— Mais bien sûr, c'est pas ce que je voulais dire.

— Bref, en tout cas désolé mais comme je disais je reste un peu dans le coin. Qu'il ne vous vienne pas à l'idée d'attendre cinq minutes pour le remettre là. Je vous connais les petits malins, ponctua-t-il d'un clin d'œil souriant qui affligeât Lucien.

Laborieusement, il s'affaira à refaire le chemin à l'envers, le policier sur ses talons. Une fois qu'il eut tapé le code de l'entrée, à moitié en apnée à cause de la charge qu'il transportait, l'uniforme conclut :

— Et bien il ne me reste qu'à vous souhaiter une bonne soirée. Là, vous avez une déconvenue mais pensez bien que c'est pas la fin du monde.

Lucien le regarda, l'air hagard, et disparut dans son immeuble, pensant que si c'était pas la fin du monde, c'était au moins la fin d'un monde.

Si l'aller s'était finalement plutôt bien déroulé, le retour fut cauchemardesque et chaotique. Il était exténué, autant physiquement que moralement et ne pensait qu'à retourner chez lui. Comparé à tout ce qu'il avait vécu dernièrement, et même avec le cadavre, c'était ce qu'il avait de plus familier sous la main.

Trimant comme un bœuf, il arriva enfin à son étage, laissant tomber le corps pour ouvrir la porte, à bout de forces.

Il traîna le cadavre dans l'appartement, ferma derrière lui. Et après une petite réflexion muette, l'assit sur le petit fauteuil. C'était mieux que de le laisser par terre, c'était plus présentable.

Sous le plastique, on voyait clairement que la tête, en plus des cervicales en vrac, avait mal vécu le plongeon dans la poubelle, sa position et surtout sa forme faisaient mal à regarder.

Lucien renforça le cocon de plastique avec de nouvelles couches, au niveau du haut du buste, en évitant au maximum la boîte crânienne qui semblait bien plus pâteuse qu'avant l'aller-retour.

Ce maigre renfort contiendrait l'émanation des odeurs diverses pendant un moment. Le temps qu'un million d'années s'écoulent ou qu'il trouve une solution.

Son esprit était trop embrumé pour penser, ou peut-être qu'il avait temporairement cessé de fonctionner, par manque de moyens, par économie. Son cerveau affichait un économiseur d'écran, et son propriétaire assis sur le canapé, en roue libre.

Il se leva et erra dans l'appartement. Jetant un coup d'œil par la fenêtre, il vit le policier qui traînait dans le coin, comme promis. Il eut le réflexe de lui faire un signe de la main mais se reprit à temps. Il ne regardait pas dans sa direction de toute façon. Aucun passant ne regarde en haut, jamais.

Devenu momentanément une machine rudimentaire, Lucien se prépara des pâtes, sans accompagnement, qu'il mangea lentement, debout dans le coin cuisine. Sans penser, sans marmonner, c'était agréable, reposant.

Il passa ensuite un très long moment assis sans rien faire, le regard dans le vague.

Vers le milieu de la soirée une petite décharge d'adrénaline tenta de le rappeler à l'existence physique mais il était trop éprouvé pour aujourd'hui. Son âme avait beau vouloir reprendre les rênes, il n'avait plus rien en magasin. Il n'avait plus d'autre choix que de fermer boutique.

Il alla se coucher et s'endormit immédiatement.

7

Vu le fiasco de la veille, Lucien aurait imaginé que son réveil l'aurait sorti du sommeil avec toutes les peines du monde, qu'il se serait traîné hors du lit telle une loque humaine. Étonnamment, sans aller jusqu'à dire qu'il était en grande forme, il se sentait physiquement requinqué, et mentalement un peu plus d'aplomb. Le moment de pause obligatoire qu'il avait dû subir quelques heures auparavant devait y être pour quelque chose, c'était évident. Cette bécane qui nous sert de carcasse a quelques dispositifs de sécurité efficaces, il fallait bien l'admettre. Il remercia la nature de lui avoir permis de souffler un peu. La nature, l'univers, le cosmos, peu importait mais il était reconnaissant. En fait, quitte à choisir, il aurait largement préféré ne pas subir ces attaques de folie généralisée mais on ne pouvait pas forcément décider et il devrait s'en contenter.

Allez, un élan dynamique le mit debout et il passa directement sous la douche, y resta un peu plus longtemps que d'habitude, essayant de profiter autant que possible de cette accalmie, il savait que logiquement elle ne devrait pas durer bien longtemps.

Il s'habilla et passa dans le coin cuisine pour se préparer un café, mais s'immobilisa devant le corps. Pas à cause de la découverte. Il n'avait rien oublié et savait très bien ce qui l'attendait en rentrant dans la pièce, mais plutôt pour marquer le coup, pour signifier qu'il était tout à fait conscient de cette présence et que, quoi qu'il en soit, il demeurait le maître des lieux.

Cette silhouette saucissonnée et confortablement installée, sauf en ce qui concernait la tête qui pendait en avant lamentablement, trouvait quand même le moyen de dégager un sentiment de calme. Une forme perverse de sérénité. Peut-être était-ce juste la mort en elle-même ? Une personnification de l'infini. La fin des temps.

Lucien y vit une forme de romantisme. Une beauté, corrompue certes, mais indéniable. C'était bien beau mais que pouvait-il faire de ça ?

Après avoir profité de cette parenthèse bizarrement paisible, il se prépara son café, noir, rien d'autre. Il ne prenait plus de vrai petit-déjeuner depuis longtemps, depuis son adolescence en fait. Il eut une petite pointe de vague à l'âme, accablé par le temps qui file en dégommant tout sur son passage, sans se soucier de ce genre de conneries, sans se soucier de lui, de la personne qu'il avait été, qu'il était ou même qu'il pourrait devenir. Le futur… Encore faudrait-il arriver jusque-là.

Dans l'immédiat, quoi… la routine habituelle ? Ça voulait dire aller au boulot. Il se sentit rétamé par l'absurdité de cette perspective. Comment pourrait-il se rendre là-bas comme si de rien n'était, parler avec ses collègues ? Participer à cette horrible mascarade ? Et dans tous les cas il avait bien mérité de souffler un peu, pas comme hier, pas en pilote automatique. Il devait tenter de trouver une solution à son problème. Pas en écrivant des conneries sur l'écologie ou l'égalité femme homme en parallèle. Il avait besoin de toute sa concentration et ne pas être emmerdé par des e-mails ou des réunions.

Est-ce qu'il avait toujours autant détesté le monde du travail? Il n'avait jamais été dupe et embrassait entièrement l'idée que son boulot était alimentaire mais cette haine matinale lui semblait nouvelle, dans son expression au moins.

Dans tous les cas hors de question d'aller au charbon aujourd'hui. Ils pouvaient tous aller se faire foutre. Il avait d'autres problèmes, des choses largement plus importantes à dénouer. Il appellerait tout à l'heure pour prévenir. Il décida d'attendre que Nathalie soit arrivée, ne voulant pas s'expliquer directement avec un pantin de la direction. Ils étaient tous de minables mollassons, y compris et même surtout les dirigeants, mais là n'était pas la question. Il devait donc patienter encore un peu.

Aucun problème, rien ne pressait et il avait tout son temps. Il se prépara un deuxième café, vivant cette attente comme une autre fuite en avant. Pour le moment «ne pas aller travailler» était le seul objectif qu'il avait formulé.

Les minutes passaient gentiment. À neuf heures quarante-cinq il alla chercher son portable et sélectionna l'agence dans son carnet d'adresses virtuel.

— PNPP, bonjour.

Comme prévu c'était bien Nathalie, qui devait être arrivée depuis un moment maintenant.

— Nathalie, bonjour c'est Lucien.

— Hello, ça va?

— Oui. Enfin non ça va pas, je vais probablement pas pouvoir venir travailler aujourd'hui.

— Ah bon?

— Oui en fait hmmm, il y a un mort dans mon immeuble.

— Comment ça?

— En fait c'est un suicide.

— Oh merde, quelqu'un que tu connais?

— Je sais pas.

— Mais du coup, tu viens pas?

— Non tu penses bien, la police est là, le GIGN aussi, ils veulent nous interroger, on n'a pas le droit de sortir du périmètre.

— Le GIGN, t'es sûr?

— Oui le mec s'est jeté du cinquième.

— Mais… c'est bizarre qu'ils interviennent.

— Le mec s'est jeté du cinquième et il est tombé directement sur le coin d'une table basse, t'imagine? Le manque de bol?

— Quoi? Mais qu'est-ce que tu racontes?

— La table est foutue hein, inutile de préciser.

— Heu… Lucien tu es sûr que ça va? T'as l'air un peu bizarre, je trouve.

— Non désolé, je te raconte n'importe quoi, c'était pour rigoler. Je suis malade c'est tout, j'ai pas dormi de la nuit, je pense avoir la grippe ou une connerie dans le genre.

— D'accord, tu veux que j'appelle quelqu'un?

— Non t'inquiète pas, c'est vraiment rien de grave, ça va passer, je vais juste rester au chaud avec quelques Doliprane et ça ira mieux demain ou après-demain. Tu peux prévenir Serge et Marie?

— Oui bien sûr, mais t'as appelé SOS Médecins?

— Non pas la peine, je vais me requinquer tout seul, vraiment, y a rien d'autre à faire.

— Bon très bien je leur transmettrais, tu te soignes bien et tu nous tiens au courant?

— Oui bien sûr, merci Nath. À plus tard.

— Remets-toi bien.

Il avait totalement improvisé, ça ne lui ressemblait pas. D'ailleurs jamais il ne l'avait appelée «Nath». Bon quelle importance, on s'en foutait après tout.

Il n'était jamais absent donc il savait que ça passerait sans problème. D'autres ne se gênaient pas pour se faire bricoler des arrêts maladie, prendre une après-midi pour aller chercher un môme quelque part, apporter une connerie à une vieille mère, la liste était longue comme le bras. Il pouvait bien être patraque une fois, non ? De toute façon c'était fait, voilà. Il avait la grippe. Elle pouvait probablement s'étendre à deux ou trois jours sans un mot du médecin. Une bonne vieille grippe, et voilà le travail…

Il décida d'aller faire un tour dehors, profiter un peu de ces courtes vacances avant de revenir au sujet qui fâche. Rien n'allait se résoudre en une matinée et il avait besoin d'être dans de bonnes dispositions pour espérer échafauder quelque chose qui tienne debout.

Flâner, déambuler, se balader sans but dans la ville ne faisait pas partie de ses habitudes et il se retrouva à errer dans les rues pourtant familières de son quartier. C'est en passant devant cette grande brasserie que l'idée s'imposa d'elle-même : continuer sur la voie de la caféine. Les beaux jours arrivaient et cette terrasse typique n'attendait que lui. Prendre du temps pour lui, voilà également quelque chose sur lequel il fallait qu'il se penche sérieusement, plus tard, une fois la vague passée, et en imaginant que ça soit possible. Tout était tellement incertain que c'était le moment ou jamais d'esquisser des résolutions pour l'avenir, il ne prenait pas de trop grands risques.

Lucien s'installa et se perdit dans ses réflexions tout en attendant un serveur. Alors que faire maintenant ? Se débarrasser du corps ne faisait plus vraiment partie des options, d'autant plus que si la manière douce était un échec, il n'allait certainement pas se lancer dans un scénario hasardeux de série B du genre dissolution dans l'acide, découpage en petits morceaux, etc. Il ne cherchait même pas à dissimuler la chose.

Oublions ça, donc. Il fallait une autre perspective, totalement différente, voire contraire. Tout avait l'air de tourner à l'envers, peut-être qu'il faudrait considérer un psy. Il pensait être sain d'esprit, mais de toute façon personne ne pense jamais être objectivement cinglé ou vivre dans le déni. Ça paraissait d'une logique implacable. Dans tous les cas, ça l'obligeait à une confrontation avec la réalité, ce qui ne pouvait pas lui faire de mal. Psy. Psychologue, psychiatre ? Pas la psychanalyse, hors de question de parler de son enfance, de ses parents, sa sœur, ça n'avait en plus absolument rien à voir. Sauf s'il était devenu totalement marteau. Mais ça semblait difficile à imaginer. Pourquoi ça se serait déclaré de cette manière ? Et surtout à ce moment précis ? Ça voudrait dire aussi qu'il aurait plus ou moins inventé le nouveau voisin, le commissariat, le policier en bas de chez lui ? C'était un peu dur à avaler.

D'accord il se sentait seul, mais pas non plus de quoi péter les plombs. Il faudrait qu'il demande à Gisèle si des cas de maladie mentale existaient dans la famille, leur mère était sérieusement diminuée aujourd'hui mais ça n'avait rien à voir…

Tout d'un coup il sortit de sa torpeur. Depuis combien de temps il attendait qu'on vienne prendre sa commande ?

Il regarda autour de lui, personne. Le garçon de café était de l'autre côté de la spacieuse terrasse et regardait au loin. Il y avait deux ou trois clampins qui sirotaient des cafés, des tisanes, mais aucune activité visible de ce côté-ci du bistrot. Lucien se demanda s'il ne faisait pas suffi-samment couleur locale. Il dérangeait, peut-être? Est-ce que le monde entier avait décidé de le faire chier? Outré, il se leva et plia bagage.

«Adieu bande de cons, vous êtes pas près de me revoir. »

Sur le chemin du retour, abattu par cette défaite mesquine, il passa devant un autre bar, qu'il avait déjà vu lui aussi un nombre incalculable de fois. Pas de terrasse, rien de clinquant, au contraire même, tout avait l'air d'être abandonné depuis plusieurs générations. Il marqua une pause et, mué par une énergie inédite, se dit qu'après tout pourquoi pas, ça ne pourrait pas être pire que l'endroit qu'il venait de quitter.

Il fit irruption dans le bar en conquérant mais fut brutalement coupé dans son élan. Il n'avait pas vraiment fait attention mais ce bar était presque vide, uniquement le taulier, impossible de l'appeler autrement, et un vieux type maigrichon assis au bar, devant un verre vide.

Conscient de son erreur, Lucien se figea mais fut apostrophé par le patron :

— Bonjour Monsieur, attendez, laisser moi deviner…

Surjouant légèrement la réflexion intense pendant quelques instants il reprit, souriant :

— Ah! Gérard!

Lucien ne comprenait pas.

— Moi ?

— Gérard ? Non ?

— Ah non absolument pas.

— Aaaaah, ok pas grave.

Le client unique se mêla à la discussion :

— Le patron aime bien jouer à deviner les prénoms des clients, faut pas faire attention.

— Bon, ça se bouscule pas en plus aujourd'hui hein, alors monsieur qu'est-ce que je vous sers ? Un petit calva ?

Lucien, un peu troublé par cette saynète tragicomique répondit :

— Un calva ? Non quand même. Il est même pas midi.

Son regard se porta sur le verre vide qui arborait un imposant logo « Pastis 51 ».

— Hey ! C'est mon premier. Qu'est-ce que vous allez imaginer, répondit ce dernier, tout sourire, nullement vexé.

— Ah mais j'ai rien dit, tout va bien, reprit Lucien. Et bien je prendrais bien un café.

— Désolé le percolateur ne marche pas aujourd'hui. Il devrait être réparé demain normalement, enfin c'est ce qu'ils m'ont dit. Un petit verre de vin blanc ?

— Ah non merci, bon heu… Un Perrier ?

— Un Perrier, ça marche !

Lucien s'installa sans trop y réfléchir au bar, ne se sentant pas l'aplomb d'aller s'isoler tout seul dans cette salle déserte. Il n'allait probablement pas s'éterniser de toute façon.

Sa commande arriva sur le zinc et le client en profita pour commander une deuxième tournée de jaune.

— Tu me remets ça ?

— Tu es sûr ?

— Hey t'es pas ma mère, si ?

— C'est toi qui décides, Riton.

Le patron s'exécuta silencieusement, accompagné du sourire bonhomme du dénommé Riton. Il devait avoir dans les soixante ans, mais c'était difficile à dire, marqué comme il était. Ça pouvait tout autant être bien plus, ou bien moins. Les deux lascars avaient l'air de se connaître depuis un bail, pas comme des amis, mais plutôt des compagnons de route.

L'ambiance était douce, rien ne pressait. Ce qui paraissait logique pour quelqu'un qui commençait ses journées au pastis. Lucien avait l'impression d'être dans un tableau impressionniste sans prétention. Il vivait ce moment comme des vacances, de douces et dépaysantes vacances.

Il observait du coin de l'œil le verre de jaune se vider, sans jugement, simplement parce qu'il trouvait ça fascinant. Au bout de quelques minutes inanimées, le client demanda une troisième tournée au chef qui lui répondit :

— Vraiment une troisième, t'es sûr ?

— Sans déconner tu vas pas me le faire à chaque fois, tu crois quoi, que je suis bourré ? Crois-moi il m'en faut plus que ça.

— Oui, je te signale que je suis largement au courant.

— Haha, exactement ! Tiens et payes-en un à notre nouvel ami, pourquoi pas hein ?

Lucien s'empressa de répondre :

— Ah non merci vraiment, je suis pas un gros buveur.

— Mais moi non plus ! Enfin si. Mais je veux dire, bon comme vous voulez, ça aurait été de bon cœur.

— Merci en tout cas, hein, s'empressa-t-il de répondre en soulevant son sobre verre d'eau pétillante. Mais il ne voulait pas rester sur cet entre-deux. Compte tenu de ces circonstances si particulières, il tenait à faire partie du groupe.

— « Riton » donc, ça veut dire… Henri ou Richard ?

— Non je m'appelle Hadrien, avec un « H », comme le maçon.

Désignant le patron avec son verre il continua :

— C'est lui qui a tenté de deviner mon prénom, il a sorti « Riton », le bon gros surnom de poivrot, ça m'a fait marrer, depuis je m'appelle comme ça, du moins ici. Personne d'autre ne m'appelle Riton d'ailleurs. C'est mon identité secrète.

Le patron commenta :

— Ouais attends le prénom j'y étais pas, mais poivrot... Pas si loin hein ?

— Ah mais j'ai jamais dit que ça m'allait pas hein, attention ! Au contraire, même. J'ai l'impression d'être un agent secret, sous couverture, avec un nom de code, voyez, s'adressant à Lucien.

— Et ça avance ton enquête ? demanda le patron avec un sourire en biais.

— Je suis en train de faire une percée, ça devrait aboutir dans les jours qui viennent.

Lucien rit malgré lui, même s'il ne se sentait pas à sa place.

— Moi c'est Lucien, enchanté.

— Lucien, alors ça, ça en impose comme nom, hein patron ?

— Sûr.

— Ah oui vous trouvez ? Le côté classique ?

— Bah ouais, c'est quand même mieux que « Timéo », « Kevin », pffff... « Samantha », n'importe quoi. J'ai entendu une mère dans la rue appeler son gamin, un tout-petit, qui parle à peine, elle l'engueule du genre « mais Mathis, tu vas arrêter de... gnagnagna ! », Mathis ! Sans déconner, les gens deviennent pas de plus en plus cons ? Ou c'est moi ?

Les discussions se poursuivaient sur le même genre de sujets. Que du léger, du sympathique, du sans gravité. Ce qui fit un bien fou à Lucien qui, même s'il était officiellement en quête de solution, accueillait avec plaisir cet intermède aussi inattendu qu'apaisant. Lui passa par la tête l'idée de leur parler de son problème. Ils pourraient très bien avoir des solutions surprenantes, mais le risque de tout gâcher était trop important.

L'élocution de Riton qui, contre toute attente, n'avait pas succombé à une quatrième tournée, avait pris un coup dans l'aile.

Sur le coup d'une heure et demie il dit au revoir à la petite équipe et s'éclipsa. Lucien lui promit qu'un jour c'est lui qui offrirait sa tournée et s'excusa au passage de sa morne compagnie, qu'il n'était pas dans un bon jour, provoquant inexplicablement les rires de Riton et du patron.

Après avoir payé sa consommation, Lucien quitta le troquet à son tour dans une relative indifférence. Explicable en partie parce que de nouveaux clients étaient arrivés en douce, il remarqua que c'était tous des habitués ou des paumés. Mais qui était-il pour juger ça ? N'était-ce pas lui le plus paumé de la clique ? Probablement. D'ailleurs il fut obligé de reconnaître que de son côté il n'avait pas avancé d'un pouce et dut lutter contre une marée montante d'angoisse sourde.

À court d'idée il se résigna à rentrer chez lui, et s'achèterait même un truc à manger en cours de route, un sandwich, n'importe. La faim avait semblé déserter son organisme ces jours-ci. Au fond c'était un détail de moins à gérer, tant mieux.

Mais ce n'était pas non plus le moment de subir une baisse de régime. Il fit donc un arrêt dans une boulangerie, attendant patiemment son tour dans une petite file d'attente de gens excédés et pressés, qui devaient sûrement retourner au travail au plus vite. Lucien les traita mentalement de moutons, tout en reconnaissant que c'était d'une malhonnêteté incroyable de sa part, lui qui faisait exceptionnellement l'école buissonnière. Son tour venu il choisit un jambon beurre standard, et sortit en lançant un « au revoir » dans le vent.

Il repensa à « Riton », et rigola tout seul. À qui pourrait-il raconter ça ? C'était quand même marrant.

Mû par les habitudes, l'alarme « clodo qui dit bonjour » retentit dans sa tête mais fausse alerte, c'en était un autre. Il était également assis par terre, un gobelet devant lui contenant quelques pièces, pour expliquer la démarche.

Lucien se planta devant lui et lui demanda :

— Bonjour, comment vous vous appelez ?

Le clochard leva la tête, les sourcils froncés, le visage parsemé d'embûches.

— Quoi ?!!

— Vous vous appelez comment ?

Après un court mais inconfortable silence le pauvre sans-abri hurla à Lucien :

— Et qu'est-ce que ça peut te foutre connard ! Tu veux quoi espèce de putain de fils de pute !

Pris par surprise, Lucien recula, outré, et bredouilla :

— Mais je vous demande juste…

— Mais va te faire enculer, s'pece de fils de… pute de merde ! Je vais te niquer ta race moi, enculé, fils de pute ! Attends bouge pas je vais te niquer ta mère, tu vas voir…

Il entreprit de se lever mais l'entreprise était pour le moins difficile. Lucien ne demanda pas son reste et en profita pour se replier sans argumenter davantage, regard vissé sur le sol, droit devant, il marchait, il taillait la route, entendant la suite d'insultes se tarir d'elle-même.

Le pauvre Lucien n'avait rien compris. Il était choqué et profondément humilié. Son cœur battait à tout rompre, même s'il savait qu'il ne courait aucun danger. Il continua à trotter énergiquement jusqu'à son immeuble, son sandwich à la main. Il composa le code d'entrée, monta les escaliers à toute allure, entra chez lui, claqua violemment la porte derrière lui pour enfin lâcher un libérateur «Putain de merde !».

Il regarda d'un œil mauvais le cadavre, toujours fidèle à son poste, se débarrassa de sa veste et alla se placer derrière le comptoir du coin cuisine pour manger son minimaliste repas. Il mordait et mastiquait rapidement et méchamment, comme s'il en voulait personnellement à cet innocent jambon beurre qui n'avait d'autre prétention que de fournir le minimum vital de nourriture à un pauvre type excédé. Recouvrant lentement son flegme habituel, il sortit machinalement son portable pour y découvrir avec stupéfaction qu'il avait reçu un message en absence.

Comment était-ce possible ? Lui qui attendait ça depuis plus de deux jours ? L'appel ne provenait pas d'un de ces contacts, merde il était tout à fait possible que ça soit la police ! Cette institution avait enfin décidé de se mettre au boulot ? C'était vraiment pas trop tôt ! La personne avait même laissé un message. Cela glaça instantanément le sang de Lucien qui prit une grande bouffée d'air avant de poser son doigt sur le petit icone de lecture.

«Bonjour Monsieur… Tabouret ? Heu… Monsieur Tabouret. Je suis Jean-Paul Dufresnes de la société Let'sTel, voilà je vous appelle car je vois dans mon registre qu'un de nos employés devait se rendre chez vous ce vendredi ou samedi, et… et bien je voudrais juste vérifier avec vous, si vous pouviez me passer un coup de fil quand vous avez cinq minutes ça serait parfait merci d'avance».

En une fraction de seconde l'excitation s'était transformée en déception. Lucien se rendit compte qu'il retenait sa respiration et mit fin à cette apnée inutile et ridicule. Il posa son sandwich en partie écrabouillé et dit : «Évidemment… Putain tu pensais à quoi, pauvre con, ils t'appelleront jamais».

Encore un coup d'œil noir vers le corps, qu'il voyait de dos, puis de retour vers son portable. «Bon bah je vais l'appeler, on va voir ce qu'il a à raconter».

Il réécouta le message pour noter son nom et sélectionna l'option de rappel.

— Let'sTel, bonjour.

— Bonjour, Jean-Paul Dufresnes m'a contacté plus tôt aujourd'hui, à propos de heu… Marc Plisson.

— Monsieur Plisson n'est pas disponible, vous voulez que je prenne un message ?

— Non ça je sais, à vrai dire il est là chez moi, enfin façon de parler.

— Très bien, ne quittez pas je vous passe le service commercial.

— Non non, c'est pas…

Trop tard il écoutait un extrait de musique classique jouée en boucle, dans un volume trop élevé, rendant l'expérience encore pire.

— Let'sTel service client, bonjour.

— Oui bonjour, en fait votre collègue ne m'a pas compris, je voulais parler à heu… Monsieur Dufresnes.

— Il travaille dans quel service ?

— Ah, à vrai dire j'en sais rien.

— Pas de problèmes, je vous passe le standard général.

— Oui merci.

Cette fois-ci pas de musique d'attente, après un court déclic, on avait tout simplement raccroché.

Pas de problème. Lucien refréna une poussée colérique et rappela directement le même numéro.

— Let'sTel, bonjour.

— Oui bonjour, je viens juste d'appeler, en fait je me suis mal exprimé : je voudrais parler à Monsieur Dufresnes.

— Oui c'est à quel propos ?

— Il m'a appelé plus tôt, il voulait me demander comment ça

s'était passé avec un de vos employés, je crois.

— Très bien, ne quittez pas je vous le passe.

Nouveau passage par la boucle musicale hideuse, bien plus long cette fois. Parfait pour scier les nerfs de n'importe qui.

— Allo, bonjour, Monsieur Tabouret?

— Bonjour, oui je vous rappelle suite à votre message de tout à l'heure.

— Ah oui super merci. Voilà, Marc Plisson devait passer chez vous et on a eu aucune nouvelle depuis. Donc je me demandais… Ben j'en sais rien en fait. Il est venu? Vous l'avez vu?

— Ah oui, tout à fait, il est venu.

— Laissez-moi deviner, sa prestation laissait à désirer, pas vrai?

— Et bien… oui, on peut dire ça.

— Putain j'en étais sûr, oh excusez mon langage hein, mais voilà, il est vraiment pas professionnel, ah la la… Et aucune nouvelle depuis samedi, même pas un e-mail, rien, vous allez me dire que c'est pro ça? Mais qu'est-ce qu'il fout?

— Et… Comment dire… Si je vous disais qu'il était mort?

— Bah, pfff, je serais même pas étonné, avec lui. Attendez, il est mort?

— Oui, il est mort. Il est tombé et s'est cassé le cou, ou un truc comme ça, en tout cas oui il est mort. Aucun doute. Depuis samedi.

Lucien entendit son interlocuteur crier loin du combiné: «Hey tu sais quoi, Plisson, ouais, il est mort en se cassant la gueule chez un client!».

— Sans déconner avec lui ça a été que des emmerdes, rien de grave hein, mais bon, au bout d'un moment ça fait chier.

— Et donc ça vous fait rien qu'il soit mort.

— Ben si quand même, il va falloir que j'embauche un nouveau, mais bon, vous savez quoi? C'est un mal pour un bien, pour moi.

— Oui je comprends bien mais en dehors de ça, il est décédé brutalement. Ça vous touche pas plus que ça? Ça vous choque pas un peu?

— Bah je le connaissais pas très bien, mais il était sympa il faut admettre. Enfin pas désagréable.

— Du coup je l'ai emballé avec des sacs-poubelles, il est dans mon salon.

— Ah ouais. Pas bête.

— Ça non plus, ça vous bouscule pas? Un cadavre dans son salon… Enveloppé de sacs-poubelles… Pourquoi pas hein?

— Par contre je peux vous faire un super geste commercial, c'est vraiment la moindre des choses. Il vous avait rien vendu j'imagine? Aucun forfait, rien du tout?

— Et non.

— Mais je veux dire, c'est pas parce qu'il a pas eu le temps, hein? J'imagine qu'il s'est emmêlé les pinceaux, vous a parlé de n'importe quoi.

— C'est tout à fait ça, oui. Et maintenant, cadavre… «rigor mortis». Décomposition, tout ça.

— Voilà ce qu'on va faire, je vais m'occuper personnellement de vous et vous proposer une offre à prix coûtant, enfin peut-être pas jusque-là, mais disons quasiment. Vous avez quoi comme forfait pour le moment?

— Non mais laissez tomber, je suis vraiment pas intéressé par ça, au revoir.

Et Lucien raccrocha, plus ou moins désabusé. Il rangea le portable dans sa poche, finit machinalement ce qui restait de son sandwich en bouillie, prenant son temps comme si une distance s'était gentiment installée. Il ponctua ce repas par un café et alla se poster devant le corps.

« Donc tu étais très mauvais dans ton job. T'as vu ça ? Ton patron en a rien à carrer de toi mon pauvre vieux. Et t'intéresses pas la police non plus. Dur, hein ? Tu as réfléchi à une épitaphe ? Un truc un peu classe quoi, genre "Celui dont personne n'avait rien à branler". Non, attends. On peut trouver mieux. Je suis quand même rédacteur… Et écrivain ! Que penses-tu de… "Marc Plisson l'invisible, ignoré même par la Faucheuse" ? Haha oui, non, c'est débile hein ? Bon, on trouvera. D'ailleurs bouge pas, j'ai une idée. »

Lucien se rendit dans la penderie pour en revenir avec une vieille casquette de baseball. Se faisant la remarque qu'on s'habituait à tout, il installa le couvre-chef sur la tête déformée d'anciennement Marc Plisson, ayant l'impression de travailler une sculpture dont l'argile n'était pas encore tout à fait sèche. Il eut quand même une légère nausée qu'il accueillit à bras ouverts, une réaction physique de dégoût normale était la bienvenue. Il lui fallait également redresser la tête qui pendait tristement, le menton, ou ce qui s'en rapprochait encore, en appui sur le haut du buste. Le fauteuil avait un dossier assez haut pour y faire tenir en équilibre la caboche déformée, en la faisant reposer sur son côté droit, le regard tourné vers la porte et non plus en face de lui. Nouveaux bruits horribles de vertèbres qui craquent, mais la manœuvre semblait tenir le coup.

C'était bien, mais pas assez. Il retrouva dans un tiroir une paire de lunettes de soleil qu'il ne mettait jamais, offertes il y avait longtemps par sa sœur qui voulait lui faire une demi-blague avec un apparat bien trop rock'n'roll pour un frère bien trop coincé.

Ces quelques manipulations avaient révélé juste ce qu'il fallait de cet effluve atroce et reconnaissable entre mille, même pour quelqu'un ne l'ayant jamais sentie de sa vie. Juste ce qu'il fallait pour ordonner à Lucien d'encore consolider cette armure de fortune.

Chaque chose en son temps. Il devrait probablement s'y reprendre à de multiples reprises de toute façon. C'était peut-être une erreur d'ailleurs. Ne vaudrait-il pas mieux tout laisser à l'air libre pour que ça sèche ? Comme une momie ? Une momie sableuse et desséchée serait bien plus pratique. Ça ne risquait pas d'arriver en macérant sous de multiples couches de plastique.

Au moins son nouveau camarade avait retrouvé une sorte de visage, ou au moins une certaine humanité. C'était plus digne. Ça l'aiderait probablement avant de trouver une solution ou une échappatoire quelconque.

Un check-up rapide de ses e-mails ne lui apprit rien d'intéressant, autant dans le domaine personnel que professionnel. Il devrait contacter l'agence bientôt pour leur donner des nouvelles car ils n'allaient probablement pas accepter sans broncher qu'un employé prenne une semaine sabbatique sans aucune justification.

« Alors… Marc… Marc Plisson. On fait quoi maintenant ? T'es bien installé, ça va ? Tu crois pas que tu devrais toi aussi prévenir quelqu'un ? »

C'est ça qu'il devait faire : essayer de contacter la famille du mort, des proches, des gens qui devraient le prendre en charge à sa place.

Devant son ordinateur portable, il se rendit sur Google et entra « Marc Plisson » dans le champ de recherche. Évidemment il y en avait des dizaines. Il fallait réduire le nombre de résultats, alors il tenta « Marc Plisson Let'sTel » et tomba sur quelques articles qui ne lui étaient d'aucune utilité. C'est en passant sur la catégorie « image » que Lucien trouva un candidat valable. Il semblait que c'était lui mais sans certitude non plus, il ne l'avait vu que très peu de temps après tout. Peut-être qu'en ouvrant temporairement la combinaison hermétique… C'était bien sûr une très mauvaise idée, d'autant plus qu'entre le processus naturel de dégradation et les différents chocs qu'il avait subis, les restes de son visage devaient être en ruine et ne plus avoir grand-chose en commun avec la photo qu'il avait sous le nez.

L'image en question provenait de Facebook et, coup de chance, la courte liste de contacts du profil était consultable. En la passant en revue sommairement, il remarqua un frère potentiel, grande ressemblance et même nom de famille. Il lui envoya un message instantané :

> Bonjour, êtes-vous bien le frère de Marc Plisson ?

Il attendit fébrilement devant l'écran mais se doutait que son correspondant n'allait probablement pas lui répondre immédiatement, même s'il était actif sur ce réseau, ce qui n'était pas non plus gagné d'avance.

Il retourna se faire un café, encore, pour l'aider à patienter et laisser vaguement dériver son esprit. Il s'octroyait une pause. Entre quoi et quoi, il n'en avait aucune idée. Ne rien faire faisait du bien, même s'il savait que c'était d'une certaine manière reculer pour mieux sauter. Sauter dans le vide. Il eut le temps de faire un point superficiel, sur sa vie, sur cette crise de la quarantaine qui n'ose pas dire son nom. Sans rentrer dans les détails pour autant. Il se gardait ça sous le coude, pour après la tempête, il en profiterait pour remettre de l'ordre dans sa vie. Sortir davantage, se forcer à être plus sociable, plus mondain, pour faire des rencontres. Se remettre à écrire, aussi. Entamer un mouvement, pour ne pas perdre ce qu'il avait ou avait eu. Pourquoi pas se mettre au sport ? Non, ça s'était n'importe quoi. Il fallait se recentrer sur lui-même et sur ses qualités et points forts, pas devenir quelqu'un d'autre.

Il fut tiré de sa rêverie utopiste par une notification sonore.

Le frère avait déjà répondu! Lucien fonça devant l'ordinateur pour y lire:

> Oui c'st mon frere, pk?

Maintenant quelle attitude adopter? Il se décida pour la voie normale, dans le doute c'était souvent la meilleure solution.

> Je suis désolé de vous apprendre ça mais il y a eu un grave accident chez moi.

Il regardait les trois petits points qui indiquaient que la personne à l'autre bout de la messagerie était en train de taper quelque chose, tout en se demandant dans quel registre ils allaient s'embarquer.

> a ouais?

Ça semblait se préciser, sans grande surprise.

> Oui j'ai bien peur qu'il soit décédé.

> a fait chier

> Donc voilà, est-ce que vous savez s'il avait pris des dispositions?

> des quoi?

> Concernant sa mort, il voulait être enterré, incinéré?

> a je sais pas

Lucien n'était même plus étonné à ce stade. Une forme de nouvelle normalité s'installait paisiblement.

> Est-ce que vos parents sont encore en vie, pourriez-vous me donner leur numéro de téléphone, que je puisse voir ça avec eux, peut-être?

> sa marche

Il nota le numéro et ni lui ni Paul Plisson ne prirent la peine de se dire au revoir ou de marquer la fin de la conversation.

Lucien se retourna vers le corps: «Alors ton frère c'est le champion, je lui annonce ta mort et il en a absolument rien à foutre, t'as vu ça?» avant de sortir son téléphone portable, autant en finir avec cette piste dès maintenant. Il se retourna à nouveau pour lancer: «C'est toi spécialement ou c'est comme ça pour tout le monde? Franchement ça devient difficile à dire hein, t'avais pas l'air d'un mec hypermarquant faut dire. Tu es d'accord, non?»

Ça n'était pas vraiment ce qu'il pensait en son for intérieur, il tentait de prêcher le faux pour avoir le vrai. Même sans véritable interlocuteur ça restait une façon détournée de garder le moral et de ne pas rendre totalement les armes.

Quelqu'un décrocha enfin après une très longue succession de sonneries.

— Allo?

Une voix frêle et mal assurée, la mère de Marc devait avoir dans les deux cents ans se dit Lucien. Il lui expliqua l'accident, la version qui incrimine la mallette, ça va sans dire, pour aboutir sur le fait que son fils était mort. Il ne savait pas à quoi s'attendre, ou plutôt il redoutait une réaction apparemment très en vogue ces temps-ci, mais il ne perdait pas espoir. Peut-être que quelqu'un allait être horrifié par cet épisode banal mais tragique.

— Ah oui je vois, il est tombé alors.

— Oui. Et… il est décédé, donc.

— C'est tout mon Marco ça, depuis tout petit il est tellement maladroit. Mais vous savez, il a d'autres qualités, il ne faut pas s'arrêter à ça.

— Oui j'en doute pas une seconde. Je le connaissais pas bien mais vu d'ici je dirais qu'il avait un don pour s'imposer, non?

— Pour?

— Pour s'imposer, il était tenace, quoi.

— Ah ça oui. Vous pouvez pas imaginer.

— Un peu, si.

— Comment?

— Bref, vous voulez le récupérer?

— Comment ça, vous m'avez pas dit qu'il était pour ainsi dire mort?

— Ah totalement mort, absolument, mes sincères condoléances d'ailleurs.

— Ah c'est vraiment dommage, pauvre Marco…

— Oui tout à fait, votre mari est là?

— Mon mari? Ah non il est décédé lui aussi, il y a six ans.

— Vous êtes toute seule?

— Oh non pensez-vous, j'ai des gens qui passent tous les jours, ils m'aident et… ça fait bien plaisir. Ils sont très gentils. Surtout les jeunes. C'est vraiment beau la jeunesse. Ils sont vraiment très gentils.

— Oui ok je vois. Tant mieux, tant mieux… Bon et bien, je sais pas… vous avez des questions?

— Des questions?

— Non je veux dire, à propos de Marc?

— Il est chez vous?

— Oui il est là.

— Il est entre de bonnes mains alors, vous avez l'air gentil vous aussi. Ce qui compte c'est d'être gentil.

— Oui ne vous inquiétez pas, je m'occupe de tout, vous voulez que je vous laisse mon nom au cas où?

— Oh non je ne vais pas vous déranger, ne vous inquiétez pas pour moi.

La prévenance fragile de cette personne vraisemblablement en fin de vie toucha Lucien qui choisit pour l'occasion d'en embrasser l'aspect chaleureux en ignorant volontairement toute cette récente atrocité qu'il ne comprenait toujours pas, même s'il commençait à s'y habituer.

Il acheva la discussion par quelques mots gentils et raccrocha, en proie à des sentiments contradictoires et plutôt injustes.

Pour briser le silence, il s'adressa encore une fois à Marc :

«Sympa ta mère. Elle aussi finalement s'en fout mais pas pire que les autres hein? Dans le genre je trouve même qu'elle s'en est bien tirée, non? Mieux que ton frère, ça, c'est certain. Tu sais quoi? Si ce soir on se faisait un petit gueuleton? Je sais bien qu'on est pas samedi mais qu'est-ce qu'on en a à faire, hein? Ça fait longtemps que je me suis pas fait livrer quelque chose, tiens ouais un chinois, ça me fait bien envie ça, en plus j'ai presque rien mangé ces derniers temps. Quoi? Tu préférerais indien? Arrête tes conneries, c'est un peu tôt pour plaisanter avec ça, non?».

L'horreur de sa blague, ce qu'elle impliquait, la désinvolture et le naturel avec laquelle elle était sortie, le fait qu'il entamait un monologue avec un cadavre, cet ensemble le plongea sans prévenir dans un état de panique éclair, qui se transforma assez rapidement en détresse solitaire. Personne ne pourrait l'aider, il était seul au monde. Il était redevenu un enfant apeuré, qui n'a pas les moyens de faire face à des montagnes écrasantes et incontournables.

L'important c'était de ne pas perdre la boule.

Peut-être revenir à «l'art de l'esquive», ou à son contraire? Qu'est-ce qu'il fallait garder ou jeter de ses automatismes, comment faire le tri?

Considérant qu'il ne s'en sortait finalement pas si mal, il décida de poursuivre ce qu'il avait amorcé en prenant du recul. Il se fit couler un bain, ce qu'il n'avait pas fait depuis des années, et se laissa tremper dans l'eau chaude, bien trop longtemps vu sa patience habituelle. Il se dit qu'il aurait dû mettre de la musique, quelque chose d'apaisant comme du jazz. Exactement! Du Coltrane! Ah non, merde, la posture revenait au galop. Le terme de «posture» était largement exagéré. L'important c'était de ne pas trop forcer cette tentative de sérénité, au risque de tout casser.

En fin d'après-midi, il alla passer commande au traiteur chinois qu'il connaissait par cœur, des nems, des nouilles sautées aux brocolis et le fameux poulet du chef. Il ne fallait pas se laisser abattre. Il avait aussi une autre idée en tête, une sorte de test grandeur nature.

Trente minutes et quelques plus tard le livreur frappa à la porte. Lucien le laissa entrer de quelques pas, le débarrassa du sac en papier lourd de victuaille, et observa le jeune homme discrètement en fouillant dans sa poche pour un traditionnel pourboire. Le livreur jeta un coup d'œil paresseux au cadavre hideusement empaqueté dont le regard, à défaut de meilleur terme, pointait justement pile dans sa direction. Lucien fit traîner un peu l'opération pour bien se confirmer que le visiteur n'était ni impressionné, ni étonné, ni même intéressé par ce spectacle de cauchemar. Il lui tendit enfin une piécette qui sonna son départ, sans hâte, sans précipitation, simplement ponctué d'un «merci» nonchalant. Rien de notable ici, apparemment.

Lucien se dit qu'il n'avait plus vraiment besoin de preuve, que c'était officiel, le monde était devenu complètement dingue. Ou complètement anesthésié, aussi hermétique que le plastique qui emprisonnait ce docile macchabée.

Et bien c'est d'accord. Soit le monde était comme ça depuis le début et il venait juste de le découvrir, soit il avait basculé, pour une raison ou une autre. Dans tous les cas ça ne faisait pas de réelle différence. Lucien dégusta ces plats avec gourmandise. Plus par défi que par plaisir culinaire. Il mangeait... et que l'univers aille se faire foutre. On verrait demain pour le retour de la panique et de l'angoisse.

«Toi aussi va te faire foutre, Marc. Tu crois que tu es le bienvenu ici ? Tu crois que tu es mon pote maintenant ? Va te faire foutre, mec ».

Se trouvant un peu injuste, il s'interrogea sur la fin de ce pauvre vendeur maladroit. « Tu parles d'un bouquet final, putain… »

Finir sur les planches, dans un accident de navette spatiale, même mourir pour son pays, se sacrifier ! Même si ce n'était pas franchement enviable, ça avait au moins le mérite d'avoir du panache. Qu'est-ce que ça voulait dire de conclure une vie entière en perdant l'équilibre à cause d'une spectaculaire blague de mauvais goût ? Quel dénouement merdique.

Lui-même, qu'allait-il laisser derrière lui ? Il n'avait pas d'enfants, rien à léguer, pas d'enseignement à passer à une nouvelle génération.

Pas d'œuvre.

Aucune illusion d'immortalité. Que deviendraient ses carnets de textes et de poésie ? Quelqu'un se penchera-t-il dessus ou finiront-ils directement aux ordures, comme le reste des possessions sans valeur marchande qu'il avait amassées tout au long de sa vie. Il aurait bien aimé que ces petits cahiers finissent chez quelqu'un, sous une aile bienveillante. Chez sa sœur ou ses neveux et nièces, par exemple ? Cette idée lui aurait réchauffé le cœur, et peut-être aussi l'âme, en passant.

Ce qui se voulait à première vue plus proche d'un hommage s'était transformé en introspection déprimante. C'était peut-être un peu beaucoup pour une seule journée et encore davantage pour un seul homme.

Lucien alla se coucher une nouvelle fois complètement lessivé, harassé par ces changements d'humeurs, ces incertitudes et ces gouffres sans fond.

Il se dit qu'il allait au moins s'endormir tout de suite et passer une bonne nuit. Un dernier détail lui laissait comme un arrière-goût de défaite. Il se leva énergiquement pour accomplir la dernière action du jour. Il fila dans la cuisine, ouvrit le frigo et sortit la flammekueche qu'il balança sans ménagement dans la poubelle.

«Allez tous vous faire enculer».

Ça ne changea pas la donne mais lui procura un petit plaisir inexplicable. Il s'endormit comme un bébé.

8

Il s'était réveillé de mauvaise humeur, accompagné d'un léger mal de crâne pour bien commencer une nouvelle journée d'errance et de tourment.

Attendant que la machine à expresso se mette en route, il regardait le corps, l'œil mauvais, une défiance insidieuse lui grignotant l'esprit.

Il se rendit compte qu'il se retenait de lui adresser la parole. Pas parce que c'était absurde mais parce qu'il ne le méritait pas, il n'avait rien fait à part l'emmerder depuis son apparition, mort ou vif.

Il laissa tomber ton breuvage matinal pour se planter devant lui, droit comme un i, les poings sur les hanches, le dominant ouvertement. Paradant devant lui, fort de sa stature de vivant.

Il continuait à réprimer ses instincts, lui parler, l'engueuler, le frapper. Lui donner le rôle du méchant était absurde, il en était parfaitement conscient. Il en voulait à la terre entière, à l'existence même. S'il avait été croyant, « Il » aurait passé un sale quart d'heure, c'est dire à quel point il était confiant en sa haine globale.

« Allez, rien à foutre », déclara-t-il à haute voix, pas spécialement pour le spectateur muet mais pour lui-même. Il enfila sa veste et laissa derrière lui son appartement et son nouveau colocataire.

Moitié de matinée, il se rendit directement dans le petit troquet d'hier. Non il n'allait pas devenir un habitué, jamais de la vie, mais pourquoi pas un terrain inconnu, comme hier où tout s'était si bien passé. Il serait toujours temps de prendre des décisions plus tard. Il prit conscience qu'il avait formulé ça bien trop de fois ces temps-ci, mais de toute façon quelles décisions pouvait-il prendre ? Quoi qu'il tente, rien n'y faisait, rien n'avait l'air de fonctionner normalement.

Il passa la porte du bistrot, un peu plus habité que la veille, et s'approcha du comptoir pour saluer le patron, fidèle au poste.

— Bonjour patron.

— Bonjour, comment ça va ?

— Ça va pas mal.

Ces mots le firent rire tout seul, tant pis, c'était le quart d'heure détente.

Il chercha Riton du regard mais ne trouva que des faciès différents et, sans pour autant être agressifs, bien moins aimables, plutôt indifférents.

— Il est pas là Riton ?

— Ah non il est pas là.

— Il vient plus tard ?

— Ah ça m'étonnerait. Mais il est rarement là de toute façon.

— Ah bon ? Il me semblait que vous vous connaissiez bien.

— Il vient rarement mais régulièrement, et depuis très longtemps.

— Ah c'est dommage, j'aurais voulu lui offrir une tournée.

— Hummm, va falloir être patient pour ça, voir laisser tomber l'idée.

— Non mais c'était comme ça, en passant… Pourquoi laisser tomber l'idée?

— Riton il est malade, il a pas le droit de boire normalement. C'est pour ça que j'aime pas trop le servir.

— Oh merde, il a quoi?

— Un cancer.

— Merde alors, un cancer de quoi?

— D'après ce que j'ai compris: de tout. Il en a plus pour très longtemps apparemment.

— Quoi? Mais c'est horrible…

— C'est pour ça, j'aime pas trop quand il vient enchaîner les pastis. Mais bon, je suis pas son père, et du peu qu'il m'a raconté ça ne changera rien maintenant, il est foutu de toute façon.

— Merde alors. Je sais pas quoi dire.

— J'essaye de pas trop y penser… Vous savez on est pas réellement amis mais il vient ici depuis vingt ans au moins, ça me fout quand même un peu par terre.

— Oui c'est dur.

— Il a tout arrêté. C'est inopérable et il refuse tout traitement. Il ne se fait plus d'illusion, vous savez. Donc ouais, quelques pastis de plus ou de moins.

Après une assez longue pause il reprit:

— Putain ouais fait chier, quelle vie de merde des fois hein.

— Mais du coup, comment dire, ça vous rend triste qu'il puisse bientôt heu… partir?

— Bah à votre avis. Y a pas très longtemps on était bourrés tous les deux. Ça m'arrive rarement, c'était à la fermeture, et je lui ai fait promettre que je serais prévenu s'il lui arrivait quelque chose. On était pas si proches que ça, d'accord, mais pour rien au monde je voudrais rater son enterrement. Pour lui dire au revoir, quoi, vous voyez?

— Je vois très bien, dit Lucien en réprimant un sanglot qu'il n'avait pas senti arriver.

Une nouvelle pause anormalement longue lui permit de recouvrer une contenance, interrompue par le patron, qui avait fait de même de son côté.

— Bon, on va pas casser l'ambiance hein, qu'est-ce que je vous sers?

— Et bien est-ce que votre machine à café est réparée maintenant?

— Ah non toujours pas. Quelle bande de bons à rien, eux putain. Faut que je les rappelle tiens…

— Ah mince, j'ai sauté celui du matin, je dois dire que ça me manque un peu.

— Remarquez c'est pas dommage des fois, au moins j'ai moins d'Algériens dans la boutique.

— Comment ça?

— Tous ces Maghrébins, là, qui restent des heures avec un café et un verre d'eau, vous croyez que c'est comme ça qu'on fait tourner un commerce?

— Et bien…

— Ils ont pas de boulot à chercher, ou à voler, hein? Entre nous…

— Voler des boulots…

— Ouais ouais, je me lève à six heures du matin pour servir des putains de cafés à des putains d'Arabes, c'est pas beau ça? Bon du coup je sais pas, un petit verre de blanc pour changer?

— Non désolé j'ai vraiment besoin d'un café, merci quand même, au revoir.

— Ça y est je vous ai choqué, et allez…

— Pas du tout, chacun ses opinions heu… Bon.

— Ouais c'est ça, allez barrez-vous, et bonne journée.

Lucien se retrouva dehors avec beaucoup trop d'émotions à traiter. Il resta debout là, comme un âne, légèrement honteux de sa prestation lamentable. Il n'avait rien dit, c'est dingue. Ça n'aurait rien changé mais merde, son amour-propre en avait pris un coup. Un coup salement mérité. Il tourna légèrement la tête et aperçut par la baie vitrée le patron qui le regardait avec un mépris ouvertement affiché. Lucien se reprit et mit les voiles. Pas question d'afficher sa défaite ni son désarroi.

Il marcha sans but un moment tout en essayant d'afficher une attitude forte et décidée. Il en était le seul spectateur, les rares passants ne le regardant même pas. Et pourquoi le feraient-ils ?

Il passa devant la boulangerie de la veille et se paya un café à emporter, qu'il sirota dehors, assis sur un banc public.

Il repensait à ce vieux con qui disait : «Quelle vie de merde». Il avait au moins vu juste sur ce point. Il observait les alentours, il ne s'était jamais installé comme ça, en plein cœur de la ville, sans raison. Voyant tous ces gens s'affairer à diverses taches sans intérêt, il se sentit un peu au-dessus du lot, au moins sur l'instant, autant en profiter un peu. Il serait toujours temps de… Oui, encore ça.

Ne voulant pas revenir chez lui il consulta ses e-mails à partir de son téléphone portable, un spam lui annonçait qu'il avait gagné dix millions de dollars, bonne nouvelle, un autre provenait du Gabon et lui proposait une transaction compliquée qui pourrait lui rapporter encore plus que le précédent message, encore mieux, mais il avait surtout un e-mail de l'agence. C'était Guy qui lui demandait comment ça allait, s'il pensait revenir travailler bientôt, et s'il pouvait quand même revoir un petit texte de trois cents signes sur le portage salarial, même en télétravail, en attendant qu'il aille mieux.

Lucien répondit qu'il était désolé et reviendrait probablement demain, le jour d'après au plus tard, et que bien sûr il pouvait travailler sur le texte de chez lui. Qu'il lui envoie, il s'en occuperait aujourd'hui, au plus tard demain matin.

Sans ouvertement mentir, il n'en pensait pas un mot et n'avait pas les ressources nécessaires pour considérer ce genre de futilité tout de suite. Il avait gagné du temps, ça ferait largement l'affaire.

Car ce petit café lui avait donné faim, il se leva et continua de se promener pour s'arrêter devant une brasserie restaurant qui lui faisait pas mal envie.

Il s'installa et on lui apporta la carte. L'endroit était spacieux, style un peu art nouveau, « à l'ancienne », comme diraient certains.

Il fut d'abord tenté par des plats recherchés et hors de prix, avec du poisson, des légumes oubliés, mais se rendit compte qu'il cherchait juste à s'impressionner lui-même, jouant à l'esthète dilettante ridicule. Il se rabattit sur la carte de la brasserie et commanda un croque-monsieur paysan, simple et réjouissant.

Ce fut un délice et le café qui suivit le fut encore davantage. Il appela le serveur pour lui demander l'addition et, tout en sortant sa carte de crédit, lui demanda :

— Garçon, vous croyez qu'il faut que je ramène quelque chose à mon pote ?

— Qu'est-ce que vous voulez dire ?

— J'ai un pote chez moi, disons une sorte de pote, je devrais peut-être lui ramener un truc, non ?

— C'est plutôt à vous de voir, de toute façon on ne fait pas à emporter ici.

— Ouais vous avez raison, de toute façon il mange pas, c'est plutôt lui qui est mangé en ce moment, vous me suivez?

Le serveur encaissa en silence et retourna à ses occupations en marmonnant : « Ok pauvre taré ».

Retour à la case départ, Lucien était revenu chez lui, que faire d'autre?

Le mythe de l'éternel recommencement du bon vieux Friedrich, à la sauce Stephen King, autant dire de la grosse merde indigeste. À moins que Lovecraft soit derrière tout ça? Il lui avait envoyé une créature cosmique maléfique ayant pour but de le rendre fou? N'importe quoi.

Il se saisit d'une chaise qu'il enfourcha à l'envers, les coudes sur le dossier, bien en face de cette entité au but mystérieux.

« Alors, vas-y je t'écoute, qu'est-ce que tu attends de moi? Étant mort, j'imagine qu'il est de bon ton de ne pas me répondre, hein?

C'est un peu facile, tu ne trouves pas? Marc? Marco, comme t'appelait ta mère? Comme tu as pu le voir, façon de parler, je suis complètement perdu avec cette histoire, mais surtout j'en ai marre. C'est un test? D'accord, très bien, mais mettons que j'admette ouvertement que je l'ai complètement foiré… Vers qui je dois me retourner pour admettre mon échec? J'ai déjà échoué c'est ça? Et ma punition c'est de vivre avec un sac de viande que j'ai empaqueté moi-même, comme un con? Mais j'ai fait quoi, moi, pour hériter d'un connard mort dans ma vie? Un connard mort que tout le monde a l'air d'ignorer, même sa propre famille, même les flics, putain! C'est déjà arrivé ça?

En plus, le prends pas mal hein, mais t'avais l'air d'un sacré boulet mon pauvre vieux. C'est ça le truc? Je suis puni parce que je suis moyen? Parce que je déplace pas des montagnes, par mon art, mes recherches, mon humour?

Et si ça me plaît, moi, d'être comme ça ? Si je préfère rester dans ma bulle, sans faire trop de vagues, c'est interdit ? Ça emmerde qui ? Il faut forcément construire des trucs ? Avoir des projets ? Participer à la révolution ?

Tu crois que j'aurais pas aimé devenir un grand écrivain ? Que j'aurais pas aimé avoir plein d'amis ? Plein d'histoires d'amour ? De maîtresses ?

Je te signale que c'est pas forcément pour tout le monde, on fait tous avec ce qu'on a. Et contrairement à toi, je ne suis pas mort. J'ai tout mon temps. Je me suis encroûté, d'accord, je le sais bien. Et alors ? C'est peut-être passager. On a le temps non ? À ce compte-là pourquoi c'est pas moi qui suis mort pour venir te faire chier ? Parce que tu sais quoi ? Ça m'aurait pas dérangé, pauvre con ! ».

Lucien dut faire une interruption dans son monologue surréaliste. Son cœur cognait et il était pris de vertiges. Assailli par la culpabilité, aussi. Une culpabilité à multiples facettes, qu'il n'arrivait pas à s'expliquer pleinement, à part le fait d'engueuler un mort. Ce qui était également ridicule en plus du reste.

Il tendit la main pour remarquer qu'elle tremblait comme une feuille morte. C'était pas le moment de craquer. À vrai dire ce moment était tout aussi valable qu'un autre mais il sentait qu'il aurait du mal à en revenir s'il se laissait dériver.

« Désolé mon pote, je sais bien que t'as rien à voir là-dedans. J'arrive pas à suivre, c'est tout. Je suis pas à l'aise avec l'imprévu… Alors m'occuper d'un cadavre qu'apparemment je suis le seul à prendre en compte… c'est nouveau pour moi. Je ne comprends pas ce que je dois faire. Je suis désolé de m'apitoyer comme ça mais je pense que je me comporte plutôt bien dans la vie, pas exceptionnellement, d'accord, mais ça va. Je suis pas un sale type, enfin bon j'essaye, quoi. J'aurais bien aimé être comme ma sœur, elle est super, elle. Elle est libre. Elle est en ménage, a des enfants, des crédits, une bagnole, un boulot, toutes ces merdes, mais elle est libre. Elle fait ce qu'elle veut. Personne ne lui imposera jamais quoique ce soit.

C'est plutôt une bonne chose que tu sois mort parce que sinon tu te foutrais de ma gueule, hein ? Admets. Tu rigolerais. Ben oui, je te le reproche pas, y a sûrement de quoi. Moi je sais pas, je vais avec le mouvement général, comme j'ai dit tout à l'heure, je suis moyen, voilà ce que je suis. D'accord, un peu plus que moyen, mais ça revient au même, encore dix ans à ce tarif et je serai passé en dessous de la barre, largement en dessous même.

C'est pour ça que t'es là ? Pour me foutre un coup de pied au cul ?

Je l'accepte volontiers, tu sais. Mais j'ai l'impression que c'est différent. Un truc a dû se péter quelque part, c'est pas normal. Et je me retrouve dans cette galère. Tu vois mon nouveau voisin, il a l'air cool, Monsieur Cool, même. Il doit faire des trucs, avoir des amis, des ennemis même, pourquoi pas si ça doit aller avec. Mais moi je parle avec un mort, et pas un fantôme ou un revenant, non, pour moi c'est un vrai cadavre que j'ai dû sceller pour des raisons d'hygiène. Je vois pas comment ça pourrait tenir le coup sur le long terme d'ailleurs… Parce que ça m'a assez été démontré je crois : t'es là pour rester, c'est ça maintenant ma vie. »

Lucien se leva pour faire les cent pas, faisant le tour de la pièce lentement, méthodiquement, comme un prisonnier.

« Putain je débloque complètement… Merde cette situation n'est absolument pas normale. Il faut que je me reprenne, c'est pas possible ça !

Et je suis là en train de faire le bilan, en train de faire l'intéressant, l'introspectif. Ah ouais, super émouvant ton petit laïus Lucien. Dommage que personne ne l'ait entendu. Autant te faire une petite branlette vite fait à ce compte-là, ça serait peut-être plus efficace, non ? Au moins plus honnête. Ah tu parles à un mort ? Super romantique, écrivain de mes deux, c'est plus facile que de se reprendre en main, hein ? Tu voudrais qu'on le fasse pour toi, qu'on te mâche tout le travail ? C'est pour ça que tu parles à un putain de macchabée ? Pour avoir un auditoire qui te prend pas de haut ? Quand est-ce que tu auras des couilles bordel ! Tu veux finir comme une merde, c'est ça ? Comme Papa, ce fils de pute ?

Reprends-toi, connard, c'est pas normal que personne ne flippe à propos de cet accident, c'est absolument pas normal que personne ne comprenne la gravité de la situation. Il faut pas s'y habituer. Que les gens s'en branlent de tout, d'accord, nous sommes une foule égoïste et pathétique, toi y compris, ça ok, c'est admis. Par contre, ils devraient avoir la trouille, avoir des réactions de rejet, de déni, de panique. Mais pas prendre ça comme si je leur annonçais la météo d'hier !

Je veux comprendre, je ne peux pas continuer sans y voir plus clair, c'est impossible, je refuse de vivre comme ça et je veux des explications ! »

Lucien sortit de chez lui comme une fusée, traversa les quelques mètres qui séparaient les deux appartements pour tambouriner comme un dément sur la porte de son nouveau voisin.

— Joe, Joe ouvre, il faut qu'on parle, ouvre !

Ce dernier, qui par chance était chez lui, s'exécuta en accueillant ce bruyant énergumène sans aucune trace d'agacement ni d'étonnement.

— Salut Lucien, et bien je vois que tu as la patate !

— Je peux entrer s'il te plaît ? Il faut qu'on parle.

— Bien sûr, pas de problèmes, répondit Joe, s'effaçant et laissant rentrer un Lucien surexcité, qui avait l'impression que tout allait se jouer sous peu, et de manière décisive.

Encore une fois habillé d'un débardeur classique, à la fois squelettique, et musclé, il n'était ni désarçonné ni contrarié par cette intrusion pour le moins bruyante. Lucien se surprit à noter qu'il avait rasé sa fine moustache et se reprocha immédiatement de penser à des détails aussi futiles. Il n'était pas là pour admirer le charisme surfait de cet inconnu mais pour lui demander des comptes, à lui et à l'humanité.

— Il est un peu tôt pour l'apéro mais une telle énergie! On peut pas tellement ignorer un élan pareil, ça se fête!

— Non attends, je suis pas là pour ça.

— Toi peut-être pas mais moi j'ai encore le droit de boire un coup chez moi, même si mon invité est un peu rabat-joie, n'est-ce pas?

— Je suis pas rabat-joie, sers-toi donc un coup si tu veux, bien sûr, on s'en fout.

— Allez, je plaisante, garde cette énergie mais sois pas sur la défensive. Y a jamais de problème chez moi.

— Mais si! Justement si, enfin pas chez toi mais chez moi!

— Qu'est ce qui t'arrive?

— Mais enfin, comment ça se fait que tu ne le saches pas! C'est ça que je veux savoir!

— Si je le sais pas, comment je peux t'aider?

— Mais le mort enfin! Le cadavre!

— Ah encore ça? Ben oui c'est chiant d'accord mais bon… T'as été à la police finalement, ils ont dit quoi?

— Mais rien, ils se sont pratiquement foutus de ma gueule!

— Haha quelle bande de sagouins, ceux-là.

Joe avait sorti une bouteille de vin et des verres, ils étaient apparus de nulle part, comme par magie. Il s'installa à la table et sortit naturellement un tire-bouchon de sa poche arrière de pantalon. Après s'en être servi, il remplit les deux verres de cantine.

— Pas pour moi, merci.

— Je le laisse là, si t'en veux pas je trouverai preneur, ne t'inquiète pas. Donc ouais tu peux rien attendre des flics, ça t'étonne, ça?

— Mais non. Tu comprends pas, tout le monde fait comme si de rien n'était, tout le monde ignore ce qui m'arrive, je demande pas un truc incroyable, juste qu'on prenne la situation au sérieux!

— Ouais ben je sais pas trop quoi dire.

— Mais enfin, le cadavre est chez moi! Je l'ai emballé comme un saucisson pour pas que ça pue trop, ça fait quatre jours et tout le monde ignore ou fait comme si c'était pas grave!

Lucien se reprit à temps avant de lui expliquer qu'il l'avait habillé d'un chapeau et de lunettes, autant ne pas en rajouter.

Joe humait et goûtait son vin en silence. Lucien reprit:

— J'ai été chez les flics, j'ai appelé son employeur, sa famille! Personne n'a été intéressé, j'ai même essayé de me débarrasser du corps dans une poubelle, directement dans la rue, devant tout le monde, en plein jour! Et je me suis fait engueuler! Mais je devrais pas être en garde à vue à l'heure qu'il est? Y a pas une enquête dans ces cas-là?

— La garde à vue, y a rien à regretter tu sais, j'en ai déjà fait deux ou trois, c'est pas une expérience inoubliable. Enfin si. C'est inoubliable mais tu vois ce que je voulais dire.

— Mais arrête avec ça, je m'en fous! Je partage ma vie avec un cadavre depuis samedi, depuis ce jour le monde est devenu dingue, ou alors c'est moi qui suis devenu taré c'est ça? Mais dis-moi, explique-moi, j'en peux plus, je peux pas rester comme ça! J'ai besoin d'aide, j'ai personne.

Il avait atteint ses limites, la gauge de détresse avait largement dépassé la zone rouge, tous les indicateurs de la machine «Lucien» clignotaient frénétiquement, les tuyaux fumaient, ce surrégime n'allait pas tenir encore bien longtemps.

— On a chacun ses problèmes tu sais. Je te dis pas ça pour te faire des reproches, crois-moi. Tu as l'air de penser que je vais bien mais qu'est-ce que tu en sais? D'accord j'ai aucun cadavre chez moi, pas si on parle au figuré, mais si tu connaissais ma vie en détail, pas sûr que tu voudrais échanger avec moi. C'est compliqué en ce moment.

— Mais ça n'a rien à voir… C'est…

Lucien ne comprend plus, quelque chose vient juste de se briser dans sa machinerie cérébrale, ce petit rouage anecdotique qui assurait malgré tout son maintien général depuis plusieurs jours. L'apnée est finie, elle laisse place au rouge, aux sirènes hurlantes. La cuisine mentale est en flammes et la carapace d'acier trempé vole bruyamment en morceaux.

Lucien se lève et empoigne Joe par le col, le délogeant de sa chaise. Souriant, ce dernier lâche en rigolant :

— Mais allez, t'énerve pas!

En hurlant, Lucien lui colle un direct dans la mâchoire, sans se rendre compte qu'il vient de se casser une phalange dans l'opération.

— Et ben, quand tu te laisses aller tu rigoles pas, waouuuu, ça déménage ici!

Ces mots enragent encore plus Lucien qui devient un bloc de haine pure. Il se saisit de la bouteille de vin et s'en sert pour porter un violent coup sur la tête de Joe qui se retrouve au sol en marmonnant faiblement des mots inintelligibles.

— Mais tu vas arrêter, oui ! Vous allez arrêter de vous foutre de ma gueule !

À l'aide de son arme improvisée, Lucien continue de frapper, il brise la bouteille sur le crâne de Joe qui a maintenant perdu connaissance.

— C'est normal les morts, hein ?

C'est normal !

C'est normal !

Tout en continuant de hurler ces mots en boucles, il se met à tailladder le visage de l'homme inconscient avec le tesson qu'il a maintenant entre les mains, il le balafre autant qu'il le poignarde et très vite il ne reste plus que de la viande sanguinolente, plus de figure, plus rien n'est habité.

Lucien se relève et observe le résultat : contrairement avec le vendeur, cette fois-ci il y a énormément de sang, partout, sur le sol, sur les vêtements du mort, sur les siens.

Quelque peu rassasié, Lucien déambule dans l'appartement souillé, trouve une bouteille de whisky dans la cuisine et s'en enfile une magistrale lampée. Il a déjà la tête qui tourne, les veines inondées d'un cocktail d'adrénaline, de cortisol et de haine.

Tout en baragouinant des propos désordonnés et des insultes, il continue de vider ce whisky agressif, doit s'arrêter pour réprimer quelques renvois d'origines diverses, mais garde le cap. Il erre dans cet appartement étranger, remplaçant rapidement son sang par l'alcool et sa promesse d'une accalmie partielle. Il arrive rapidement à bout de son breuvage, peu importe, il en reste dans la cuisine, il se retourne, regarde le monticule sanglant, semble se rappeler de quelque chose et lance de toutes ces forces la bouteille qui explose sur les restes du visage détruit du défunt Joël.

La vague commence à peine son déclin pour être remplacée par un mélange d'épuisement et de violente ébriété.

Lucien succombe et s'évanouit délicatement, comme d'autres succombent à un sommeil bien mérité.

9

Quelques heures plus tard, Lucien se réveilla dans une mare de sang séché, affalé par terre, pas loin de feu Joël, dit «Joe», assis contre le mur, massacré sauvagement. L'alcool était encore bien présent dans son organisme mais n'avait pas totalement accompli une de ces traditionnelles activités : pas de trou noir, pas de perte de mémoire pour Lucien qui se relevait en découvrant son œuvre plus en détail.

La scène aurait pu être esthétique sans la criante apparence de folie bestiale qui fit un effet bœuf sur son système digestif. Cette flaque de vomi ne dépareillait pas vraiment avec le reste, c'était même plutôt attendu.

Essayant de reprendre la main sur lui-même, sa tête tournait encore légèrement, il regardait ce décor horrible, son voisin installé dans une position qui, dans d'autres circonstances, pouvait paraître confortable. Il ne lui manquait que sa traditionnelle cigarette, mais son visage avait disparu, remplacé par un chaos de chairs, de peau, d'os, de rouge. Beaucoup de rouge. Des rouges différents, quelques touches de blancs et d'autres teintes qui n'avaient rien à faire ici. Ce personnage sans figure ni expression dégageait une forme de sérénité obscène qui gagnait étrangement Lucien.

Même s'il était encore saoul comme un cochon et que le feu de l'action restait flou dans sa tête, il n'avait rien oublié et avait recouvré un semblant d'esprit rationnel. Il avait assassiné quelqu'un. Un innocent. Même en cherchant bien il aurait du mal à assumer et à justifier ce qu'il avait fait. Les jours qui venaient de passer lui apprirent qu'il ne risquait rien, certes. Était-ce un mal pour un bien? S'il avait déjà du mal à vivre avec un mort accidentel, qu'allait-il faire avec un meurtre sur les bras? Il se demandait: un meurtre passionnel? Il avait été passionné, c'était le moins qu'on puisse dire, mais contre qui, contre quoi? Et qu'est-ce que ça changeait.

Il n'avait pas avancé d'un pouce, et ce nouveau tournant n'augurait rien de bon.

La nuit était tombée et une pluie discrète participait à cette atmosphère inexplicablement paisible.

Il considéra tout nettoyer, pas pour cacher quoi que ce soit mais par respect, probablement déplacé, pour l'ancien et bref occupant des lieux. Mais le sang avait déjà commencé à sécher, il était presque noir à certains endroits. Ça paraissait une tâche insurmontable.

Il finit par se rendre compte qu'il était lui-même recouvert de sang et de matières diverses dont il choisit ne pas trop chercher à analyser la provenance. Une chose était sûre: il ne pouvait pas rester dans cet état.

Il sortit pour rejoindre son propre domicile.

En ouvrant la porte il tomba sur le premier cadavre, dont la tête sans visage pointait exactement dans sa direction, les lunettes de soleil faisant office de regard. Un regard presque interrogatif, comme un chat qui vous fixe avec l'air de dire «et maintenant»?

Lucien fut transpercé par l'évidence, il savait ce qu'il devait faire. Il contempla le cadavre en souriant tendrement, c'était pour lui-même. Il pensa à sa sœur, à Michèle, il aurait bien aimé que cette histoire soit plus jolie. Qu'elle soit digne d'être racontée. Tant pis.

Il se dirigea dans sa chambre, qui donnait sur une rue calme, ouvrit la fenêtre et se jeta simplement dans le vide.

10

Lucien revint à lui sous un grand soleil matinal, il avait mal absolument partout mais pas de gueule de bois.

Un chien très enthousiaste était en train de lui flairer le visage. Il allait probablement commencer à lui lécher la bouche quand il fut tiré en arrière par la laisse qui le reliait à son propriétaire.

— Dis donc Artorias, du calme! Laisse le monsieur! Et ben dites donc mon vieux, vous vous êtes pas loupé!

Lucien se redressa avec peine, regarda ce passant anonyme, puis ce joyeux chien qui venait de le réveiller.

— Quoi?

— Ben… Vu la quantité de sang qu'il y a sur vous je dirais que vous êtes tombé de haut, non?

— Je… J'habite au cinquième.

— Une chute du cinquième étage! Vous rigolez pas, vous, dites donc!, conclut ce personnage ordinaire en riant de bon cœur.

Lucien fit un rapide inventaire. Il avait des courbatures partout mais n'avait rien de cassé et pouvait bouger normalement. Il était recouvert d'encore plus de sang que la veille, le sien avait fini de parachever le tableau, sur ses vêtements mais aussi sur le trottoir. Combien un corps humain pouvait en contenir, déjà?

— Une chute de cinq étages… prononça un Lucien complètement hébété.

— Allez vous prendre un petit café mon vieux, vous l'avez bien mérité. Artorias, on y va… Hey, bonne journée hein!

— Merci.

Lucien s'assit, attendit quelques secondes, puis enfin se leva.

Aucun problème.

Un tournant inattendu. Pourquoi pas.

Finalement il allait retourner à sa vie, demain il irait travailler, ou peut-être pas.

Dans tous les cas il allait immédiatement s'acheter des cigarettes, les plus fortes, les plus nocives. Et une bouteille de vodka, pour commencer.

Qu'est-ce que ça pouvait foutre, maintenant.

www.raoulsinier.com